This Is How You Lose Her

Junot Díaz

こうしてお前は彼女にフラれる

ジュノ・ディアス

都甲幸治　久保尚美 訳

CREST BOOKS

Shinchosha

目　次

THIS IS HOW YOU LOSE HER

by

Junot Díaz

Illustration by Mizuki Goto

Design by Shinchosha Book Design Division

こうしてお前は彼女にフラれる

マリリン・ダックスワースとミホ・チャに捧げる
君たちの友情と荒々しさ、優美さを讃えて

そうよ、あたしたちはうまくいかなかったし
正直言ってどの思い出もろくでもない。
でもたまにはいいときもあった。
セックスはよかった。あんたが隣で変な恰好で寝てるのが
あたしは大好きだったし、恐い夢は決して見なかった。

星形勲章くらいもらえてもいいはずよね、あたしたち
すごい戦争をやらかしたんだから

サンドラ・シスネロス

太陽と月と星々

The Sun, the Moon, the Stars

おれは悪い奴じゃない。こう言うとどう聞こえるかはわかってる——言い訳がましいし、恥知らずだ——でも本当なんだよ。おれだって他のみんなと同じだ。弱いし、間違いも多いが、基本的にはいい奴なんだ。でもマグダレナはそうは思わないだろう。彼女はおれを典型的なドミニカ男だと思ってる。道徳心のない《スシオ》クソ野郎だ。ほら、何ヶ月も前のことだよ。マグダがまだおれの彼女で、おれがほとんど何にも気を使わなくてよかったころ、八〇年代風のものすごく大きな髪型をした女の子とおれは浮気した。そしてそのことをマグダには言わなかった。あんたにだってわかるだろ。そういう臭い骨は、人生の裏庭に埋めちまったほうがいい。マグダがそのことを知ったのは、その女の子がマグダに手紙なんか書いたからだった。そしてその手紙には細かいところまで書いてあった。あんたなら酔っても仲間にさえ言わないようなすごいことを。

　でもそのころにはもう、そんな愚行をやめてから何ヶ月も経ってたんだ。おれとマグダの関係は相当うまくいきはじめてた。おれが浮気してた冬ほどは二人の心は離れてなかった。悪い時期は終わってたんだ。マグダがおれの家に来て、二人でおれのバカな仲間たちとつるむ——おれは煙草を吸い始め、マグダは退屈しきってしまう——という代わりに、おれたちは映画を見に行った。車でいろんな場所に食事に行った。クロスロードで劇を見たりもして、おれは有名な黒人の劇作家たちとマグダが並んでる写真を撮った。どの写真でもマグダはすさまじく幅広に笑ってて、顎が外れちまうんじゃないかと思うくらいだった。おれたちはまた恋人同士に戻った。週末にはお互いの家族を訪ねた。早起きの人が目を覚ます何時間も前にダイナーで朝食を食べ、一緒にニューブランズウィックの図書館をくまなく物色した。カーネギーが罪滅ぼしの金で建てた図書館だ。おれたちはいいリズムで進んでた。でもその手紙が『スタートレック』に出てくる手榴弾みたいに飛んで来て、すべてを爆破してしまった。過去も現在も未来もだ。彼女の家族はいきなりおれに殺意を抱きはじめた。おれが彼らの税金の書類作成を二年連続で手伝ったり、家の芝を刈ってやったのもおかまいなしに。マグダの父親はおれを自分の息子《イホ》みたいに思ってくれてたのに、電話でおれをクソ野郎と呼んだ。まるでコードで自分の首を絞めてるみたいな声だった。お前、もうおれがスペイン語で話す価値ない、父親は言った。ウッドブリッジのショッピングモールで、おれはマグダの女友達に会った——クラリベルという、生物学の学位のあるエクアドル人で、目はアジア人《チニータ》のようだった——そして彼女はおれを、まるで誰かの愛する子供を食いでもしたみたいに扱った。

　マグダが浮気を知ったときどうなったかなんて、あんたは聞きたくもないんだろ。まるで列車が五本一度に衝突したみたいだったよ。マグダはカサンドラの手紙をおれに投げつけた——おれには当たらずに、ボルボの下に落ちた——それから彼女は縁石に坐りこんで過呼吸状態になった。なんてことなの、マグダは泣き叫んだ。なんてことなの。

そういうときは、完全否定に決まってるだろう、と仲間たちは言う。いったいカサンドラって誰だい？　ってね。おれは胃が裏返りそうなくらい気分が悪くて、そんなこと言おうともしなかった。ただマグダの隣に坐って、彼女が振り回している両腕を掴み、間抜けなことを言った。なあ、聞いてくれよ、マグダ。聞かなきゃわからないだろ、とかなんとか。

　マグダについて説明させてくれ。彼女はバーゲンライン出身だ。背が低くて口が大きく、尻がデカくて、黒い髪はカールしてて、手を入れたら見えなくなっちまう。父親はパン職人で、母親は子供服の訪問販売をしてる。マグダは抜け目のない《ベンデハ》タイプだが、寛大な心の持ち主でもある。カトリックだ。毎週日曜日にはおれを教会まで引きずっていき、スペイン語のミサに参加する。そして親戚が病気になると、特にキューバにいる親戚だが、彼女はペンシルヴェニアにいる修道女たちに手紙を書いて、家族のために祈ってもらう。彼女は街の図書館員の誰もが知ってるオタクで、生徒に愛されてる教師だ。いつも新聞記事の切り抜きをおれにくれる。ドミニカに関するやつだ。おれが彼女に会うのは、そうだな、毎週ってとこだけど、それでもマグダはおセンチな短い手紙を郵便で送ってくる。これで私のこと忘れたりしないでしょ。裏切る相手としては、マグダはおよそ最悪だ。

　とにかく、浮気がばれたあとどうなったかって話であんたを退屈させようとは思わない。懇願するとか、何でもすると誓うとか、泣くとかだ。とりあえず二週間ばかりをこんなふうに過ごしたとだけ言っておこう。彼女のもとへ車で通い、手紙を何通も送り、一晩中電話をかけまくった結果、おれたちは元の鞘に収まった。だがおれが彼女の家族とまた食事をするようになったとか、彼女の女友達が祝ってくれたとかいう話じゃない。この陰険な女たち《カブロナス》は、だめよ、絶対に絶対《ハマス》にだめ、という感じだった。マグダだって初めは、こうした関係修復にあまり乗り気じゃなかったけど、おれのほうはその前からの勢いが続いてた。どうして一人にしてくれないの？　とマグダに訊かれると、おれは本当のことを言った。お前を愛してるからだよ、なあ《マミ》。まったくクソみたいな言い分だとわかってたけど、これは本当の気持ちだった。おれはマグダを心底愛してたのだ。彼女に去ってほしくなかった。一度手酷《てひど》く失敗したことがあったから、また他の子を探す気にもなれなかった。

　簡単だったとは思わないでほしい。ぜんぜん簡単どころじゃなかった。マグダは頑固だ。おれたちがデートし始めたころ、少なくとも一ヶ月は付き合ってからでないとおれとは寝ないと彼女は言った。そしてどんなにおれが彼女の下着の中に侵入しようとがんばっても、マグダはその言葉を貫き通した。それに彼女は傷つきやすかった。紙に水が染み込むみたいに、痛みは彼女に染み込んだ。彼女が（特にセックスしたあと）何度おれにこう訊ねたか、あんたには想像もつかないだろう。私にちゃんと言うつもりだった？　ってね。それから、どうしてなの？　っていうのもマグダのお決まりの質問だった。おれのお決まりの答えは、もちろん言うつもりだったよ、というのと、あれはバカげた間違いで、おれはちゃんと考えてなかった、だ。

　おれたちはカサンドラについて話しさえした――たいてい暗闇の中で、お互い相手が見えないときに。カサンドラを愛してたの、とマグダはおれに訊ね、おれは彼女に、そんなわけないさと言った。まだカサンドラのこと考える？　全然。カサンドラとのセックスは良かった？　正直言ってさ、ありゃひどかったよ。この言葉にはいつも大して説得力はなかったけど、どんなにバカげてても非現実的でも、とにかくそう言わなきゃならない。だから言う。
そしてよりを戻してしばらくは、それなりにではあったが全てうまくいっていた。
けれどもそれはちょっとの間だけだった。徐々に、ほとんど知覚できないほどゆっくりとおれのマグダは別のマグダに変わっていった。前ほど泊まっていきたがらなくなったし、頼んでもおれの背中を掻きたがらなくなった。いろいろと気づいておれは驚いた。たとえば以前は、マグダが誰かと電話してても、あとでかけ直して、とおれに言うことは決してなかった。いつもおれが優先だったのだ。もはやそんなことはなかった。だからもちろんおれは、そういうクソみたいなことを全部マグダの女友達のせいにした。彼女たちはいまだにおれの悪口をマグダに吹き込んでるに決まってたからだ。

周囲に相談してたのはマグダだけじゃなかった。おれの仲間は言った。マグダなんてやめとけよ、あんなクソ女のことは気にするな。でも何度やめようとしてもだめだった。おれは本気でマグダを愛してたのだ。おれはまたマグダにかなりの時間をかけるようにし始めたが、何だか全然うまくいかなかった。映画に行くたびに、夜ドライブに行くたびに、おれのところにマグダが泊まるたびに、彼女はおれのダメなところを確認してるような気がした。おれは自分が少しずつ死んでいくように感じてたが、そのことを言うと、そんなの被害妄想よとマグダは言った。

一ヶ月もすると、マグダは被害妄想野郎を不安に陥れるような変化をみせ始めた。髪を切り、今までよりいい化粧品を買い、新しい服を着こなして、金曜の夜、友達と踊りに出かけるようになったのだ。おれと過ごさないかと誘うときも、彼女が当然応じるとはもう思えなかった。マグダがバートルビー（ハーマン・メルヴィル（一八一九―九一）の短篇「バートルビー」の主人公）みたいに答えることもしょっちゅうだった。

いやあ、やめとこうかな。一体全体どういうことだとおれが訊ねると彼女は言う。どういうことか、今考えてるとこ。

マグダが何をしてるかはおれもわかってた。彼女の人生におけるおれの地位が不安定だってことを、おれに気づかせようとしてたのだ。まるでおれがそのことに気づいてないみたいに。

そして六月が来た。空には熱気のこもった白い雲が残ってて、人々はホースで車を洗い、外で音楽をかけてる。みんな夏の準備をしてる。おれたちさえもだ。その年のはじめごろ、おれたちはサントドミンゴへの旅を計画してた。自分たちへの、付き合いだして一周年記念の贈り物ってわけだ。そしてまだ行くつもりがあるかどうかを決めなきゃならなかった。その話はしばらく地平線の上に顔を出してたけど、そのうち勝手に消えてなくなっちまうたぐいのことだろう、とおれは思ってた。でもそうでもなかったので、おれはチケットを二枚取り出して彼女に訊いた。どう思う?

なんか重すぎる。

そんなに悪くないと思うけど。だってさ、ただの休暇だよ。

プレッシャー感じちゃって。

プレッシャーになんて思うことないって。

なぜその旅行にあんなにこだわったのかは自分でもわからない。毎日持ち出しては、なんとか彼女をその気にさせようとした。ひょっとしたらおれは、そのときの二人の状態にうんざりし始めてたのかもしれない。どうにか変えたい、変えられる何かを試したいと思ったのだ。あるいはもしかしたら、おれは頭の中でこう考えていたのかもしれない。もし彼女が、そうね、行きましょうと言えば、おれたちの関係もうまくいくだろう。もし彼女が、いいえ、やめとくと言えば、もうこの関係も終わりだとわかるだろう、と。

地上でいちばん往生際の悪い負け犬たるマグダの友人たちは、旅に行くだけ行ったあと、おれとはもう一言も口をきかなきゃいい、と彼女に忠告した。もちろんマグダはそれをおれに話した。考えてることはすべておれに話さなきゃ気がすまないからだ。で、そのアドバイスをどう思う？おれは彼女に訊ねた。

マグダは肩をすくめた。それも一つの考えよね。

おれの仲間たちさえこう言った。お前さ、こんなことで大金をムダにするなんて。でもおれは本気で、この旅で二人の関係は良くなるだろうと思ってた。心の深いところ、仲間たちも知らないほど深くでは、おれは楽観主義者なんだ。おれは思った。おれとマグダがあの島に行く。それで良くならないものなんてあるかい？

正直に言おう。おれはサントドミンゴが大好きだ。そこに戻ると、ブレザーを着た男たちがブルガルを注いだ小さなグラスを手の中に次々と押し込んでくるのが大好きだ。飛行機の着陸のとき、車輪が滑走路に触れるとみんなが拍手するのが大好きだ。乗客の中でおれだけが、キューバとのつながりもないし、顔に厚塗りの化粧もしてないのが大好きだ。十一年、顔も見ていない娘に会いにいく赤毛の女がいるのが大好きだ。まるで聖人の遺骨みたいに、彼女はお土産を膝にのせている。娘《ミハ》にはもうおっぱい《テタス》があるのよ、近くの席の乗客に彼女は囁く。この前、娘に会ったときには、ちゃんと文章にして話すのもやっとだったんだけどね。もうりっぱな女よ。

想像してみて《イマヒナテ》。おれは母ちゃんが用意してくれる小包が大好きだ。親戚に渡すつまらない物やら、マグダへの贈り物やら。何があろうとこれをあの子にあげるんだよ。

もし別の種類の話を書くなら、おれは海のことを語るだろう。海辺の岩の割れ目から飛沫《しぶき》が空に吹き出されるときどう見えるかを。空港から車で走ってて、その飛沫がまるで千切った銀糸のようになっているのを見ると、本当に戻ってきたんだな、と思うことを。どれだけたくさんの貧乏な野郎どもがいるかを。あんたがこれからの人生で出会うだろうよりもたくさんの混血が、やぶにらみの黒人が、ごろつき《ティゲレス》がいるかを。そして道行く車について語るだろう。二十世紀末の自動車の歴史すべてが、地面の平らなところ全部をびっしりと覆ってる。ぼろぼろの車、ぼろぼろのバイク、ぼろぼろのトラック、ぼろぼろのバスが織りなす宇宙論と、レンチを持っているだけの阿呆によって経営されてる、車と同じ数だけの自動車修理工場。掘っ建て小屋と水の出ない蛇口と大型広告看板の黒人たちと、おれの家族の家にちゃんと使えるトイレがついてることについて語るだろう。祖父ちゃん《アブエロ》とその田舎っぽ《カンポ》い両手と、おれがドミニカにいないせいで祖父ちゃんがどれだけ悲しんでるかを語るだろう。そしておれが生まれた通り、二十一番通り《カジェ》と、それがスラムになるかどうか決めあぐねてること、何年も決定を先延ばしにしてることについて語るだろう。

でもそうしたら、これは別の種類の話になっちまうし、おれはこの話についてだけでももう十分に大変な状態だ。だから信じてくれ。サントドミンゴはサントドミンゴだ。そこがどうなってるかはお互いわかってるふりをしようじゃないか。

おれは埃《ダスト》にでもやられてたに違いない。最初の二日間、おれたちはうまくいってると思ってたんだから。確かに、祖父《アブエロ》ちゃんの家に閉じこめられて、マグダは涙が出るほど退屈してた。そう言いさえした――退屈ね、ユニオール――でもおれは前もって、祖父《アブエロ》ちゃんの家には義務として行かなきゃならないと言ってあった。マグダが嫌がるなんておれは思ってもなかった。いつも彼女は老人《ビエヒトス》たちの扱いがすごくうまかったのだ。でもマグダは祖父ちゃんにあまり話しかけなかった。ただ熱気の中でそわそわしながら、水を十五本飲んだだけだった。結局、二日目が始まりもしないうちに、おれたちは首都を出てバス《グアグア》で内陸部に向かった。風景は素晴らしかった――まだ干ばつは続いていて、田舎《カンポ》全体が、家々に至るまですべてが赤い埃に覆われてはいたが。さて、そこでおれは、前の年と変わったところを指摘していった。新しいピザ屋と、ごろつき《ティゲリトス》が売っている、小さなビニール袋に入った水。歴史的名所を訪ねさえした。ここでトルヒーヨと海兵隊の仲間たちは敵の群れ《ガビジェロス》を虐殺したんだ、トルヒーヨはここに女の子たちを連れてきた、バラゲールはここで悪魔に魂を売った。そしてマグダは楽しんでるように見えた。うなずいてた。多少は言葉を返してくれた。おれに何が気づけただろう？　二人はいい雰囲気だとおれは思ってたんだ。

　振り返ってみれば、いくつか兆候はあったと思う。第一に、マグダは無口なほうじゃなかった。彼女はおしゃべりで、いつも口《ボカ》を動かしてた。それでおれが手を挙げて、ちょっと待って、と言うと、彼女は少なくとも二分黙ってなきゃいけなくて、そのあいだにおれは、彼女がしゃべり散らかした情報を処理する、なんてことがよくあった。彼女は当惑し、すまなそうにしたけど、おれが、いいよ、またしゃべってと言ったときに、さっそく話に戻るのを控えるほど当惑したりすまないと思ってるわけじゃなかった。

ひょっとしたら、それはおれの機嫌が良かったからかもしれなかった。この数週間で初めておれはリラックスしてたし、いつなんどき何かが壊れるかもしれないというふうには振る舞ってなかった。おれが嫌だったのは、マグダが毎晩女友達に報告しなきゃと言い張ったことだ——まるでマグダがおれに殺されかねないとでもやつらは思ってるみたいだ——でも、なんてこった、おれはそれでも、二人はいつになくうまくいってると思ってた。

おれたちはプカマイマ（Pontificia Universidad Católica Madre y Maestra（母親と教師のカトリック司教大学）の略称。一九六二年創設）の近くにあるイカれた安ホテルに泊まってた。おれはバルコニーに立って北方《セプテントリオナレス》と停電した街を見てた。すると彼女の泣き声が聞こえた。何か大変なことが起こったのかとおれは思って、懐中電灯を見つけ、彼女の熱さでむくんだ顔を照らした。大丈夫かい？

彼女は首を振った。ここにいたくないの。

何言ってんだ？

どうしてわからないの？　ここに、いたく、ないの。

これはおれが知ってるマグダじゃなかった。おれが知ってるマグダは凄まじく礼儀正しかった。いつも扉を開く前にはノックを欠かさなかった。

おれはほとんど叫びそうになった。一体全体どうしたって言うんだよ！　でもそうしなかった。おれは結局、彼女を抱きしめ、あやし、何が気に入らないのか訊ねた。マグダは長いこと泣き続け、沈黙のあとしゃべり始めた。そのころには明かりもまたちらちらと点き始めてた。季節労働者みたいにあちこち旅して回りたくないと彼女が思ってるとわかった。海辺に行くと思ってた、マグダは言った。

海辺には行くよ。明後日ね。

今じゃだめ？

おれに何ができただろう。マグダは下着姿で、おれが何か言うのを待ってた。それでおれの口から何が飛び出したかって？　わかった、何でもお前のしたいようにするよ。おれはラ・ロマナのホテルに電話し、予定より早く行ってもいいか訊き、次の朝、首都行きの高速バス《グアグア》に乗り、それからラ・ロマナ行きのに乗った。おれはマグダに一言も話しかけなかったし、彼女もおれに何も言わなかった。マグダは疲れてるみたいで、外の世界を眺めてた。まるで世界が彼女に話しかけてくるだろうとでも思ってるみたいに。

ドミニカ《キスケヤ》全土を巡る贖罪の旅の三日目の半ばには、おれたちはエアコンがよく効いたバンガローにいてHBOを見てた。そこはまさに、おれがサントドミンゴにいるときに行きたいと思うような場所、すなわちリゾート地だ。マグダはトラピスト修道士の書いた本を読んでて、機嫌もましになった、とおれは思った。そしておれはベッドの端に坐って、無用になった地図をいじってた。

　おれは思ってた。ここまでしたんだから、もっと何かいい目を見てもいいんじゃないか。肉体的な何かを。おれとマグダはけっこう気楽にセックスしてたけど、あの問題が起こったあとは、なんだかおかしくなっちまった。第一に、以前ほど定期的にはしてない。週に一度でもできれば運がいいほうだ。おれがせっついて、どうにかことを始めないと、セックスなんてまったくなくなった。それに、彼女はそんな気がない素振りをする。時々は本当にしたがらなかったりして、そんなときはおれは諦めなきゃならない。でもそうじゃないときには彼女は実際したがってて、おれはマグダのマンコを触らなきゃならない。そうやって、おれがことを始め、一つやらかそうぜ、なあ？　と言うのが決まりだ。そしてマグダのほうはむこうを向き、こんなふうに言うのが決まりだ。私は自尊心が高いから、あなたの動物的な欲望を大っぴらに受け入れるつもりはないけど、もし私に指を入れ続けるなら別に止めるつもりもないから。

今日はおれたちは特に問題もなく始めたが、半ばまで差しかかったところでマグダは言った。待って、こんなことすべきじゃない。

おれは理由を訊ねた。

マグダはまるで自分自身に困惑してるみたいに目を閉じた。忘れて、彼女は言い、おれの下で尻を動かした。とにかく忘れて。

おれたちがどこにいるか、あんたには言いたくもない。おれたちはカサ・デ・カンポにいる。恥知らずのリゾートだ。大抵のクソ野郎なら大好きになる場所だ。この島でも最大、最高級のリゾートで、それはつまり、ここが完全な要塞で、他の人たちからは隔てられてることを意味する。監視係《グアチマネス》と孔雀と、丁寧に装飾的に刈り込まれた植木が至るところにある。合衆国ではここはまるで一つの国みたいに宣伝されてるし、そうも同然だ。自前の空港と、三十六ホールのゴルフ場と、踏みつけられたら痛がりかねないほど白い海岸がある。そしてここで間違いなく見かける地元のドミニカ人は、金持ちか、もしくはシーツを代えるメイドだけだ。とりあえずおれの祖父ちゃん《アブエロ》がここに来たことは一度もないし、それはあんたの祖父ちゃんも同じだろう。ガルシアやコロンたちが延々一ヶ月、大衆を抑圧したあとに、リラックスしに来る場所、有力者《トゥトゥンポテス》たちが海外の仲間たちと情報交換する場所だ。ここに長く腰を落ち着けたりしたら、間違いなく問答無用で、あんたはゲットー通行証を取り消されちまうだろう。

おれたちは朝早く目覚め、ビュッフェに行く。そこでジャマイマおばさんの格好をした明るい女性たちに給仕してもらう。本当だって。こうした女性たちは頭にハンカチを巻いたりさえしなきゃいけない。マグダは家族に絵はがきを走り書きしてる。おれは一昨日のことを話そうとするが、ちょっと口にしただけで彼女はペンを置く。サングラスをかける。

私にプレッシャーをかけようとしてるでしょ。

どうかけてるって言うんだよ？　おれは訊ねる。

ときどきは自分だけの空間がほしくなるってだけ。一緒にいるといつも、あなた私に何かをしてもらおうとしてる感じがする。

自分だけの時間ね、おれは言う。そりゃどういう意味だい？

たとえば一日に一回は二人が別々のことをするとか。

いつ？　今？

今じゃなくてもいいのよ。マグダは苛立っている様子だ。とにかく海辺まで行きましょう。

無料で使えるゴルフカートまで歩きながらおれは言う。なんだか君はおれの生まれた国全体を拒んでるみたいだな、マグダ。

ばかなこと言わないで。彼女は片手をおれの膝に置く。私はリラックスしたかっただけ。それのどこがいけないの？

太陽は焼け付くようだし、海の青はひどい重荷となって脳にのしかかってくる。カサ・デ・カンポに海辺があるのと同じように、この国の残りすべてが問題を抱えてる。でもここの海辺には、メレンゲも、小さい子供たちも、豚の皮の唐揚げ《チチャロネス》を売ろうとする人々もいない。ただ大量のメラニン不足の人々が目に付くだけだ。十五メートルおきに、ヨーロッパのクソ野郎が少なくとも一人はタオルの上に打ち上げられてる。まるで海が吐き出した、青白くて恐ろしい怪物みたいだ。やつらは哲学の教授みたいに見える。まるで安手のフーコーだ。で、そのあまりにも多くが色の黒いドミニカ人の女の子を連れてる。本当だよ。この女の子たちは十六歳以上には見えない。彼女たちは完璧な天才《プロ・インヘニオ》なんだろう。互いに意志疎通できてないのを見ると、どうやらやつらはセーヌ川左岸での日々に出会ったわけじゃないらしい。

マグダは金色のすごいビキニできめてる。おれを苦しませようと、友達に助言してもらいながら買ったやつだ。そしておれは「サンディーフック半島よ永遠なれ！」と書かれたくたびれた海パン姿だ。認めてしまおう。公の場所で半ば裸でいるマグダと一緒だと、おれは無防備な、落ち着かない気持ちになる。彼女の膝に手をのせる。おれを愛してるって言ってくれよ。

ユニオール、やめてよ。

大好きだって言ってくれるかい？

放っといてくれる？　ほんとウザいんだから。

灼熱の太陽がおれを砂に縛り付けている。マグダと一緒にいると惨めなばかりだ。おれたちは付き合ってるようには見えない。彼女が微笑むと、男たちは結婚でも申し込むみたいにマグダの手を取ろうとする。おれが微笑むと、みんな自分の財布が大丈夫か確認する。おれたちがここにいる間ずっとマグダは注目の的だ。この島にいて、自分の彼女が八分の一の黒人と白人の混血だとどうなるかわかるだろ。男たちは夢中になっちまう。バスに乗ると、いかつい野郎たちが言ってくる。あんた、すごくきれいだね《トゥ・スイ・エレス・ベヤ・ムチャチャ》。もちろんおれが泳ごうと水に入るたびに、地中海の愛の使者みたいなやつが彼女を口説きにかかる。失せろよ、ホットドッグ野郎《パンチョ》。おれたちはハネムーン中なんだ。一人めちゃくちゃにしつこい困ったやつがいて、わざわざおれたちの近くに坐って、乳首の周りの毛をマグダに印象づけようとする。で、やつを無視するどころかマグダは話し始める。やつもドミニカ人で、キスケヤ・ハイツ出身で、地方検事補佐をやってて、地域の人々を愛してるそうだ。私が検察官であの人たちも良かったですよ、彼は言う。少なくとも私は彼らのことを理解していますから。ずっと昔、こういう野郎が旦那を助けておれたちを虐げてたんだろう、とおれは考える。やつの話を三分も聞くと、おれは我慢できなくなり言う。マグダ、このクソ野郎としゃべるのやめろよ。

地方検事補佐は驚く。私のこと言ってるんじゃないですよね、やつは言う。

ところがそうなんだな、おれは言う。

信じられない。マグダは立ち上がり、硬い足取りで海に向かう。半月の形の砂が尻についてる。

おれは本当に完全にへこむ。

野郎はまだおれに何か言ってるが、おれは聞いてない。マグダが戻ってきて坐ったとき何を言うだろうかはもうわかってる。私たち、別々のことをしたほうがいいんじゃないの。

その夜、おれはプールや地元のバー、クラブ族長《カシーケ》をうろつく。マグダはどこにもいない。おれはウェスト・ニューヨークから来たドミニカ人の女と出会う。もちろん魅力的だ。黒人《トリゲニャ》で、マンハッタン島からこっち側でいちばんすごいパーマだ。名前はルーシーで、十代の女のいとこたち三人とぶらぶらしてる。彼女が羽織ってたものを脱いでプールに飛び込むときに、腹のあたりに蜘蛛の巣みたいな傷が見える。

他にもおれは、バーでコニャックを飲んでる、もう少し歳のいった金持ち二人と出会う。副社長と彼の護衛のバルバロ《野蛮人》だと彼らは自己紹介する。おれの顔にはま新しい不幸の足跡が付いてるんだろう。二人はおれの抱えてる問題を聞いてくれる。まるでやつらはマフィアのボスで、おれが殺しについて話してるみたいだ。二人はおれに同情する。外は気温五百度で、まるで次に地球を支配するのは自分らだというように蚊がブンブンうなってる。でもこいつらは二人とも高価なスーツ姿で、バルバロは幅の広い紫のネクタイまで締めてる。前に一度、やつの喉を切り裂こうとした兵士がいて、今ではその傷を隠しているという。目立ちたくありませんから、彼は言う。

おれは席を立ち部屋に電話する。マグダはいない。フロントに電話する。伝言もない。おれはバーに戻り微笑む。

副社長は若い男で、三十代後半、界隈を食い物にしてるやつ《チュパバリオ》にしてはすごく冷静だ。他の女を見つけろと彼はおれに助言する。きれいな黒人女《ベヤ・アンド・ネグラ》がいい。カサンドラみたいな女のことだ。

副社長が手を振ると、まるでSFみたいに素早くバルセロが一杯出てくる。

関係を復活させるには嫉妬がいちばんだよ、副社長は言う。シラキューズ大学の学生だったとき学んだ。他の女と踊るのさ、メレンゲを踊って、恋人《ヘバ》が何かする気になるか見るんだ。何かって暴力のことだろう。

あんたを殴ったのか？

浮気を打ち明けたときさ。おれの顔を真正面から殴りつけたんだ。

でも兄弟《ペロ・エルマノ》、どうして打ち明けたんだい？　バルバロが聞いてくる。どうして否定しなかったんだ？

だってさ《コンパドレ》、彼女のところに手紙が来たんだよ。証拠を握られてたんだ。

副社長はとても素敵な笑顔を浮かべ、おれは彼が副社長である理由がわかる気がする。あとで家に戻ってから、おれがこのやりとり全部を母ちゃんに話したら、母ちゃんは彼が何の副社長なのか教えてくれることだろう。

彼は言う。女が殴るのは相手を愛してるときだけさ。

そのとおり、バルバロはつぶやく。そのとおり。

マグダの友達は全員、おれが浮気したのはドミニカ人だからだって言う。ドミニカ人の男はみんな浮気者で信用できないと言うのだ。ドミニカ人の男を代表しておれが何か言えるとは思えないが、彼女たちだって言えるとも思えない。おれからすれば、これは遺伝的にうんぬんの話じゃない。ちゃんと理由があるんだ。原因と結果だよ。

実際、乱気流に巻き込まれない関係なんて世界には存在しない。おれとマグダも確かに巻き込まれた。

おれはブルックリンに住んでて、マグダは家族とニュージャージーに住んでた。おれたちは毎日電話で話し、週末に会った。大体はおれがニュージャージーに出向いた。おれたちは真のジャージーっ子だった。ショッピングモールに行き、両親と会い、映画を見て、たくさんテレビを見る。付き合いだして一年経つと、おれたちはこんなふうに過ごすようになっていた。おれたちの関係は太陽と月と星々、みたいな感じじゃなかったけど、別にひどいわけでもなかった。特に土曜日の朝、おれのアパートで過ごしてるときは良かった。マグダは田舎風《カンポ》にコーヒーを淹れてくれる。靴下みたいな布製のフィルターで漉すのだ。前の晩、彼女の両親にはクラリベルのところに泊まると言っていた。両親はマグダがどこにいるか知ってたはずだけど、それでも決して文句は言わなかった。朝、おれは遅くまで寝てて、彼女は本を読みながらおれの背中をゆっくり弧を描きながら掻いてた。そして起きる気になると、おれはマグダにキスを始める。もう、ユニオール、おかげで濡れちゃったじゃない、と彼女が言うまでだ。

　おれは不幸じゃなかったし、ほかのやつらみたいに熱心に女の子を追いかけてたわけでもなかった。確かに他の女性たちを品定めはしてたし、外出したときは彼女たちと踊りさえした。でも別に、できるだけ多くの女の子と寝ようと思ってはいなかった。

けれど週に一度会えれば気持ちは冷めたりしない、というわけでもない。確かに冷める。ただ、職場に新しい女の子がやってくるまで、お前は本当には何も気づかないだろうが。彼女は尻が大きく、生意気で、ほぼ一瞬でお前に夢中になる。お前の胸筋を触ってきて、付き合ってる黒人《モレノ》の不平を言う。いつも酷い扱いをされてるの、と。彼女は言う。黒人の男にはスペイン系の女の子のことなんてわからないのよ。

　カサンドラだ。彼女はサッカー賭博の胴元をやり、電話でしゃべりながらクロスワードパズルをし、デニムのスカートが大好きだった。おれたちはいつも一緒に昼食に行くようになり、同じ会話を繰り返した。おれはその黒人《モレノ》と別れろと彼女に言い、彼女はセックスのうまい恋人を見つけろとおれに言った。彼女と出会って最初の週に、マグダとのセックスが最高だったことはないんだよな、と言ってしまうという間違いをおれは犯した。

まあ、可哀想に、カサンドラは言った。少なくともルパートのペニスはA級だけど。

最初におれたちがセックスした夜――そしてそれは素晴らしかった、彼女の自慢は嘘ではなかった――おれはすごく嫌な気分になり、眠れなかった。カサンドラは、隣で寝ていると体がぴったり馴染んでくるようなタイプの女性だったのだが。マグダは気づいてる、おれはそう思い、ベッドから直接彼女に電話して、調子はどうだいと訊いた。

あなたなんだか変じゃない、マグダが言った。

おれが憶えているのは、カサンドラがマンコの割れ目をおれの脚に押しつけてたことと、おれがマグダに、会えなくて寂しいと思っただけだよ、と言ったことだ。

またもやカリブの完璧な晴天の日だ。そしてマグダがおれに言ったのはたった一言、ローション取って、だけだ。今日の夜、リゾートではパーティがある。宿泊客は全員招待された。半正装でお願いしますってことだったが、おれは服を持ってないし、めかしこむ気力もない。でもマグダには両方ある。彼女はすさまじくぴったりした金色のラメのパンツをはき、それに合うホルターネックの下からはへその飾りが覗いてる。髪は輝いてて、夜のように黒く、おれはその巻き毛に最初にキスしたとき、星はどこにあるんだい？　と訊ねたのを思い出す。そして彼女は言った。もっと下のほうよ。

おれたちは結局二人で鏡の前に立つ。おれはスラックスをはき、皺くちゃのチャカバナ・シャツを着てる。彼女は口紅を塗ってる。世界が赤という色を生み出したのは、ラテン系《ラティーナス》の女たちだけのためだとおれは昔から信じてる。

私たち格好いいじゃない、彼女が言う。

それは本当だ。またおれは楽観的になり始める。おれはこう考えてる。今日は和解の夜になる。おれは彼女の体に腕を回す。けれど彼女は瞬きもせずに爆弾を落とす。彼女は言う。今晩は別行動ね。

おれの両腕が力なく落ちる。

きっと怒ると思ってた、彼女は言う。

本当に嫌な女だな、自分でもわかるだろ。

別に私はここに来たくなかったし。あなたが無理に連れてきたんでしょ。

来たくなかったなら、どうしてちゃんとそう言わなかったんだ?

そして延々と言い合い、ついにおれは言い放つ。もういいよ。そして部屋を出る。おれは碇《いかり》を引き上げてしまったような気分になる。もう次にどうなるかなんてわからない。いよいよ大詰めだ。でもおれは何の遠慮もなく振る舞うわけでもなく、どんな山羊より好色だぞ《ボンガンドメ・マス・チボ・ケ・ウン・チボ》となるのでもなく、自分を哀れみ、まるで運のない壁の花野郎《コモ・ウン・バリグアヨ・シン・スエルテ》だなと思う。おれは何度も何度も考える。おれは悪い奴じゃない、おれは悪い奴じゃない。

クラブ族長《カシーケ》は混んでいる。おれはルーシーって名前の女の子を探す。代わりに副社長とバルバロを見つける。バーの奥の静かなところで、二人はコニャックを飲みながら、メジャーリーグにはドミニカ人選手が五十六人いるか五十七人いるかで言い争ってる。おれのための場所を空けてくれ、おれの肩を叩く。

ここにいると辛い、おれは言う。

本当に劇的だ。副社長はスーツから鍵を取り出す。まるで革で編んだスリッパみたいなイタリア製の靴を履いてる。ドライブでも行くかい？

ええ、おれは言う。行きましょうよ。

この国が生まれた場所をあんたに見せたいんだ。

おれは店を出る前に、混み合ったクラブをざっと見る。ルーシーが来てる。イカした黒い服を着て、一人でバーの隅にいる。嬉しそうに微笑んで、腕を上げる。彼女の腋に黒い毛の剃り跡がぽつぽつと見える。彼女の服には汗染みがあちこちにできてて、美しい両腕には蚊に刺された跡がある。ここにいるべきだ、とおれは思うが、足が勝手にクラブの外へ向かってしまう。

おれたちは外交官ナンバーの黒いＢＭＷにどっと乗り込む。おれとバルバロは後ろの席だ。副社長は前の運転席にいる。おれたちはカサ・デ・カンポを出て、ラ・ロマナの熱狂を後にする。すぐにあたりは加工したサトウキビの匂いで満ちる。道は暗い——街灯はまったくない——そしてヘッドライトの明かりには、まるで聖書に出てくるイナゴの大群みたいに虫が群がってくる。おれたちはコニャックを回す。おれは副社長といる。だから何だ。

彼は話してる——ニューヨーク州北部にいたころのことを。でもバルバロも話してる。護衛っぽいスーツは皺ができてて、煙草を吸う手は震えてる。本当にひどい護衛だ。彼はおれにサン・フアンでの子供時代について話す。ハイチ国境の近く、リボリオ（ブードゥーの祈禱師。アメリカによる一九一六年のドミニカ共和国占領に抵抗し、一九二二年の死まで戦い続けた）の土地だ。技師になりたかったんだ、彼はおれに言う。みんな《プエブロ》のために学校や病院を建てたかった。おれは彼の話をちゃんとは聞いてない。おれはマグダのことを考えてる。たぶんもう二度と彼女のマンコ《チョチャ》を味わうこともないんだろうな。

それからおれたちは車を降り、つまずきながら坂を登っていき、藪やバナナ《ギネオ》の木や竹を通り過ぎる。まるで本日のおすすめ料理が来たというふうに、蚊がいっせいにおれたちの血を吸い尽くす。バルバロは暗闇消散器、すなわち巨大な懐中電灯を持ってる。副社長は罵りながら、草を踏みつけて進んでいく。彼は言う。ここらのどっかなんだけどな。長いこと役所にいて見つけたんだ。そのときようやく、バルバロが巨大なマシンガンを構えてて、彼の手が震えてないことにおれは気づく。彼はおれも副社長も見てない——彼は耳をすましてる。おれは怖いとは思わないが、この状況はいくらなんでも変すぎないかと考える。

それって何て銃なんだい？　ただの会話のためにおれは訊ねる。

AP－90だ。

いったいそりゃなんなんだい？

古いのを新しくしたやつさ。

すごいね。おれは思う。哲学者みたいなこと言うんだな。

ここだ、副社長が叫ぶ。

おれはそこまで這っていき、彼が地面に空いた穴の側に立っているのを見る。土は赤い。ボーキサイトだ。そして穴はおれたちの誰よりも黒い。

これがチブサノキ《ハグア》の洞窟だ。敬意に満ちた深い声で副社長は告げる。タイノ族が生まれた場所だよ。

おれは眉を上げる。タイノ族って南アメリカから来たんだと思ってたけど。神話の話をしてるんだ。

バルバロは光を穴の中に向けるが、相変わらず何も見えない。中を見たいかい？　副社長がおれに訊ねる。

おれは、はい、と言ったに違いない。というのもバルバロがおれに懐中電灯を手渡すと、二人はおれの両足首を摑んで穴の中に下ろしたからだ。ポケットの中のコインが全部落ちる。祝福《ベンディシオネス》だ。おれにはほとんど何も見えない。変な色の浸食された壁だけだ。そして上から副社長が叫ぶ。きれいだろ？

ここはよりよい人間になりたいと思っているやつにとって、洞察を得るのに完璧な場所だ。副社長は暗闇の中に吊されながら、未来の自分を見たんだろう。ブルドーザーで貧乏人たちを掘っ建て小屋から追い出す未来を。そしてバルバロもだ――母親にコンクリートの家を買ってやり、エアコンの使い方を教える自分を――でもおれは、おれの心にどうにか浮かんできたのは、初めてマグダとしゃべったときの光景だった。ラトガーズ大学に通ってたころのことだ。ジョージ通りで一緒にE線のバスを待ってて、彼女は紫の服を着てた。すごく紫だった。

そしてそのとき、彼女とは終わったとおれは気づく。出会いについて考えだしたらもうおしまいだ。

おれは泣く。そして二人に引っ張り上げてもらう。そのとき副社長が怒って言う。そんなにめそめそするんじゃない。

あれは島の本物のまじないだったんだろう。洞窟でおれが見た別れは本当にやってきた。次の日おれたちはアメリカに帰った。五ヶ月後、おれは別れた彼女から手紙を受け取った。おれは新しい誰かと付き合ってたけど、それでもマグダの手書き文字を見たら、おれの肺から空気の分子が全部吹き飛んだ。

彼女も他の誰かと付き合ってると書いてあった。すごくいい男と出会ったらしい。おれと同じドミニカ人だ。あなたと違って私を愛してくれてる。彼女はそう書いてた。

でもちょっと先走りすぎたな。おれがどんなに間抜けかをお見せしてこの話を終えよう。その夜バンガローに戻ると、マグダは寝ずにおれを待ってた。彼女は荷造りをすませていた。大泣きしてたみたいだった。

私、明日家に帰る、彼女は言った。

おれは彼女の隣に坐った。彼女の手を取った。大丈夫、うまくいくよ、おれは言った。二人でがんばればさ。

ニルダ

Nilda

ニルダは兄貴の彼女だった。

物語の始まりはこうだ。

彼女はアメリカ生まれのドミニカ人で、ものすごく長い髪はペンテコステ派の女の子みたいで、信じられないような胸をしてた——世界レベルだ。母ちゃんが寝たあと、ラファは地下にあるおれたちの寝室にニルダをこっそり連れ込んでは、そのときラジオでかかってる曲に合わせてヤッた。おれもその場にいさせられた。もしおれが一階のソファにいるのを母ちゃんに気づかれたら、三人ともひどくマズいことになっちまう。それにおれは、外の茂みなんかで一晩過ごすつもりはなかったから、そういうことになった。

ラファは音は立てなかった。ただ息みたいな低いうめき声を出すだけだ。問題はニルダだった。ずっと叫ぶのを我慢してるみたいだった。彼女のそんな声を聞くと、おかしな感じがした。おれが子供のころ知ってたニルダは、周りの女の子の中でもとりわけおとなしかったからだ。ニルダはうつむいて、髪で顔を隠しながら『ニュー・ミュータンツ』を読んでた。そして何かをまっすぐに見るのは、窓の外を眺めるときだけだった。

　でも、それはニルダの胸があんなふうになる前、長い黒髪が、バスの中で引っぱられるものから、暗闇で撫でられるものに変わる前のことだった。新しいニルダはストレッチパンツをはいて、アイアン・メイデンのシャツを着てた。もう母親の家から逃げ出して、グループホームの世話になってた。もうトーニョ、ネストル、パークウッドのリトル・アンソニーなんかの年上の男たちと寝てた。ニルダはおれたちのアパートにもよく泊まった。近所に住む飲んだくれ《ボラチャ》の母親が大嫌いだったからだ。朝になると、起きてきたおれの母ちゃんに見つかる前に、家からそっと抜け出した。バス停でみんなを待ってて、自分の家から出てきたようなふりをしてたけど、服は昨日のまま、髪はベタベタだったから、みんなニルダを不潔だと思ってた。ニルダはおれの兄貴を待ってて、誰にも話しかけなかったし、誰もニルダに話しかけなかった。それはニルダが、話しかけたら絶対につまんない話の渦に巻き込んでくるという、例のおとなしくてちょっと頭の弱い女の子の一人だったからだ。ラファが今日は学校に行かないと言えば、母ちゃんが仕事に出かけるまで、ニルダはうちのアパートの近くで待ってた。ラファはすぐニルダを家に入れることもあった。でも遅くまで寝てることもあった。そういうときには、ニルダは道の向こうで小石を文字の形に並べながら、ラファが居間を横切るのが見えるまで待ってた。

　ニルダの唇はバカみたいに厚くて、悲しげな丸顔で、すごい乾燥肌だった。いつも肌にローションを塗ってて、黒人《モレノ》の父親のせいだと文句を言ってた。

　ニルダはいつもいつも兄貴を待ってた。夜になるとニルダがノックし、おれが家に入れる。二人でソファに坐ってるあいだ、ラファは絨毯の工場で働いてるか、ジムでトレーニングしてた。

おれがマンガの最新号を見せると、ニルダはすごく熱心に読んだ。でもラファが現れると、ニルダはすぐにおれの膝にマンガを投げ捨てて、ラファの胸に飛び込んだ。寂しかった、ニルダが女の子っぽい声で言うと、ラファは笑う。あんたもそのころのラファを見ておくべきだったな。顔つきはまるで聖者みたいだった。それから母ちゃん《マミ》の部屋のドアが開くと、ラファはニルダから身を離して、カウボーイみたいにゆっくりと母ちゃん《マミ》のところまで行って言うのだった。なんか食うもんある、母ちゃん《ビエハ》？　もちろんあるわよ《クラロ・ケ・スィ》、母ちゃんは眼鏡をかけながら言った。

ラファはおれたちみんなを魅了してた。そんなこと、かっこいいやつにしかできない。

あるときラファが遅くまで仕事から帰ってこなくて、ニルダとおれだけで、しばらくアパートにいたことがあった。おれはグループホームについて訊いた。学年末の三週間前で、みんな何もしない状態に突入していた。その頃おれは十四歳で、『ダールグレン』を読んでいた。二度目だった。おれのＩＱはあんたをスパッと真っ二つにしちまうぐらい高かったが、そんなもの、そこそこかっこいい顔と引き換えになら一瞬で手放してただろう。

けっこういいところよ、ニルダは言った。彼女はホルターネックの前の部分を引っ張って胸元を冷やそうとしてた。食べ物はまずかったけどかっこいい男の子はたくさんいて、みんな私と付き合いたがってた。

ニルダは爪を噛み始めた。あそこを出てから、職員さんたちも電話してきたの。

ラファがニルダと付き合いだしたのは、それまでの彼女がガイアナに帰っちまったし——彼女はインド系トリニダード人で、左右の眉が繋がってて、たまらない肌をしてた——ニルダがラファに迫ったからでもあった。彼女は二ヶ月前にグループホームから帰って来たばかりだったけど、もうすでにヤリマン《クエロ》で有名だった。街にいるドミニカ人の女の子はみんなしっかり親に監禁されてた――バスや学校やパスマーク（アメリカ東北部でチェーン展開するスーパーマーケット）では見かける。でも、どの家族もどんなごろつき《ティゲレス》が近所をうろついてるかはわかってたから、女の子たちは外でぶらぶらさせてもらえなかった。ニルダは違った。彼女は貧乏ラティーナだったのだ。ニルダの母親はいかれた酔っぱらいで、いつも白人の男たちとサウスアンボイを遊び回ってた――そんな訳で、ニルダはぶらぶらできたし、実際そうしてた。いつもニルダは外にいて、いつもその前に車が停まった。グループホームから戻った、とおれが聞く前に、もうニルダは裏のアパートに住んでる年のいった男にさらわれてた。やつはニルダと四ヶ月間やりまくった。二人が錆だらけでボロボロのポンティアック・サンバードで走り回ってるのを、おれは新聞を配達しながらよく見かけた。クソ野郎は三百歳ぐらいに見えたけど、やつは車もレコードのコレクションもベトナム従軍時代のアルバムも持ってたし、ニルダが着てた古い服の代わりに新しいのを買ってやったから、ニルダはやつにぞっこんだった。

　おれは心の底からこの野郎が大嫌いだったが、男の話になると、ニルダはまったく聞く耳を持たなかった。皺チン野郎どうしてる？　とおれはニルダによく訊ねた。すると彼女はものすごく怒って、何日も口を利いてくれなかった。それからこんなメモを渡してくる。彼のこと悪く言わないで。はいはいわかりました、おれは返事を書く。それからあの老いぼれはトンズラした。誰もどこにいるか知らなかった。おれの近所ではよくあることだ。それから二ヶ月間、ニルダはパークウッドのやつらにいいようにされてた。マンガが発売される木曜日になると、ニルダはおれが何を買ったか家まで見に来て、自分がどれだけ不幸かを愚痴った。暗くなるまで二人で坐ってると、ニルダのポケベルが鳴り出す。彼女は表示をじっと見ると、行かなきゃ、と言う。おれはニルダを摑んでソファに引き戻すこともあった。そして長いこと一緒に坐ってた。おれはニルダがおれに恋するのを待ってて、ニルダも何かを待ってた。でも、ニルダがすごくマジになるときもあった。彼氏に会いに行かなくちゃ、とニルダは言った。

いつものようにマンガを読みに来てた木曜日のこと、ニルダは八キロのランニングから戻ってきた兄貴と会った。ラファはそのころまだボクシングをしてて、体をめちゃくちゃに鍛え上げてた。胸や腹の筋肉がくっきり割れてて、まるでフラゼッタ（フランク・フラゼッタ（一九二八—二〇一〇）。アメリカ合衆国のイラストレーター。ファンタジーやSF関係で活躍した。代表作はターザンシリーズ）の絵みたいだった。ラファがニルダに気づいたのは、バカみたいなショートパンツに、くしゃみが出そうなほど露出の多いタンクトップを着て、その隙間から腹がちょっとだけ突き出てたからで、ラファはニルダに微笑みかけた。ニルダはすごく真顔になり、緊張した。アイスティーを淹れてくれ、とラファがニルダに言うと、ニルダは、自分でつくれば、と言い返した。お前はこの家の人間じゃないんだからさ、ラファが言った。食費分ぐらい働いてくれなきゃ。ラファがシャワーを浴びに行くと、とたんにニルダは台所で何やら始めて、おれは気にすんなよ、と言ったけど、ニルダは大丈夫だから、と言った。おれたちはアイスティーを飲んだ。

おれはニルダに警告したかった。ラファは悪い男だと教えてやりたかったけど、ニルダはもう光の速度でラファのほうに向かってた。

次の日ラファの車が急に壊れて——なんて偶然なんだ——学校に行こうとしてラファはバスに

乗った。おれたちの坐ってる席を通りすぎたとき、ラファはニルダの手を握ると、引っ張って立たせようとした。ニルダは言った。放してよ。ニルダの両目はじっと床を見てた。見せたいものがあるんだよ、ラファは言った。ニルダは手を引っ張り返したが、手以外の部分は行く気まんまんだった。来いよ、ラファは言い、ついにニルダは席を立った。あたしの席取っといて、ニルダは振り返りながら言い、心配すんな、とおれは応えた。角を曲がって五一六号線に入る前にはもう、ニルダは兄貴の膝の上に坐ってて、ラファはスカートの奥まで腕をグッと突っ込んでた。まるで外科手術でもやってるみたいだった。バスを降りるとき、ラファはおれを脇に寄せると、手をおれの鼻まで持ってきた。嗅いでみろよ、ラファは言った。女ってこれだから駄目なんだよな。

その日はもう誰もニルダには近づけなかった。ニルダは髪を後ろで束ねてて、勝利に浮かれてた。白人の女の子たちさえ、やたらと筋肉のある、もうすぐ最終学年の兄貴を知ってて憧れてた。そして昼食テーブルの端にニルダが坐って他の女の子たちに囁いてるあいだ、おれと友達はマズいサンドイッチを食べながら『X－メン』の話をしてた――当時はまだ『X－メン』はけっこう面白かった――そして、おれたちは認めたくはなかったけど、真実は明白かつ悲惨だった。つまり、本当にイカした女の子たちは全員、まるで光に群がる蛾みたいに高校生に夢中で、おれたち若造はどうすることもできなかった。おれの友達のホセ・ネグロン――別名ジョー・ブラック――はニルダの裏切りにいちばん参ってた。それは、やつがニルダと付き合えるかもしれない、と思いこんでいたからだった。ニルダがグループホームから戻って来たすぐ後に、ジョーはニルダの手をバスの中で握ったことがあったのだ。そして、ニルダが他の男と付き合うようになっても、まだそのときのことをジョーは忘れられなかった。

三日後の晩、ラファとニルダがヤッてるあいだ、おれは地下室にいた。それが一度目で、二人とも音は立てなかった。

二人はその夏中付き合ってた。誰もデカいことはやらかさなかったと思う。おれと哀れな野郎どもはモーガンクリークまでハイキングに行き、ゴミ埋め立て地から漏れてきた汚水の臭いのする川で泳いだ。その年、本気でやったのはケチな悪さだけだった。ジョー・ブラックが父親のしまってた酒の瓶をかっぱらってくると、おれたちはアパートの裏のブランコに乗ったまま、すっかり飲み干した。暑さのせい、そして胸の奥で強く感じてた何かのせいで、おれは兄貴やニルダと一緒に狭苦しい部屋で坐ってることがちょくちょくあった。ラファはいつも疲れてて、顔色が悪かった。ここ数日そうだった。おれはよくこう言った。何だよその面は、色白野郎。でラファはこう言った。おまえこそ何だよ、色黒ブサイク野郎。ラファはあんまりやる気がなかったし、車もとうとう完全にぶっ壊れちまったから、おれたちはエアコンの入ったアパートの部屋で、坐ってテレビを見てた。ラファは最上級生になる前に高校をやめると決めた。そして母ちゃんが嘆き悲しみ、一日五回は兄貴の考えを変えようとしてがんばったけど、ラファはこう言うだけだった。おれ、学校には全然向いてないんだよね。親父がおれたちを捨てて二十五歳の女のもとへ走ってから、ラファはもういい子のふりはしなくていい、と思うようになってた。長旅に出たいんだよ、ラファはおれたちに言った。カリフォルニアが海に滑り落ちる前に見ときたいんだ。カリフォルニアね、おれは言った。カリフォルニアさ、ラファは言った。あそこじゃ、黒人もうまいことやれるんだぜ。あたしも行きたい、ニルダは言ったが、ラファはなんにも言わなかった。ラファは目を閉じたままで、体が辛そうだった。

　おれたちは親父のことはしゃべらなかった。おれはと言えば、もう尻を蹴り上げられないですむのが嬉しかっただけだった。親父が完全に姿を消したばっかりのとき、おれはラファに訊ねたことがある。親父はどこにいると思う。でラファは言った。知るかよ。

　会話の終わり。終わりなき世界。

　あまりの退屈さにみんなイカれてしまった日には、おれたちはプールに行き、タダで入った。監視員の一人とラファが友達だったのだ。おれは泳ぎ、ニルダはプールの回りを練り歩いて、ビキニ姿の自分がどれだけいい体をしてるか見せびらかした。そしてラファは、日除けの下でぐったりと横になったまま周囲を眺めてた。ときどきおれは呼ばれてラファのところへ行き、二人でしばらく坐ってた。ラファは目を閉じたままで、おれは自分の灰色っぽい脚が乾くのを見てた。それからラファは、プールへ戻れよ、と言った。ニルダは練り歩くのを終えると、ラファが休んでるところまで来て、隣にひざまずいた。するとラファはニルダに長い長いキスをした。ラファの手はニルダの背中を上から下まで撫でた。エロい体をした十五歳の女の子ぐらいいいもんはないぜ、その手がそう言っているように、少なくともおれには思えた。

　ジョー・ブラックはずっと二人を見てた。やつは言った。まったくいい女だな。尻の穴舐めてどうだったかお前らに教えてやりたいくらいだよ。

　もしラファのことを知らなかったら、おれだって二人がお似合いのカップルだと思ったかもしれない。ラファはニルダに恋してる《エナモラオ》ように見えたかもしれないけど、他にもイカれた女の子たちがラファには付きまとってた。セイアーヴィルの貧乏白人や、ニーウ・アムステルダム・ヴィレッジの黒人女《モレナ》だ。こいつは家に泊まりに来て、やりながら貨物列車みたいな声を上げた。おれは彼女の名前は覚えてないけど、常夜灯の明かりに照らされて、縮れた髪がどんなふうに光ってたかは覚えてる。

八月にはラファは絨毯工場の仕事を辞めた——むちゃくちゃにだるいんだよ、ラファは嘆いた。脚の骨が痛くて、起きてすぐにはベッドから出られない朝もあった。ローマ人はこのあたりを鉄の棒でへし折ったんだって、ラファの脛をマッサージしながらおれは言った。すると痛みで即死するらしいよ。すげえな、ラファは言った。もっと楽しいこと言えよ、バカ野郎。ある日母《マ》ちゃん《ミ》はラファを病院に検査に連れてった。そのあと二人でソファに坐り、ちゃんとした服装をして、何もなかったようにテレビを見てるのをみつけた。二人は手を握りあってて、母《マ》ちゃん《ミ》はラファの横で小さくなってた。

で？

ラファは肩をすくめた。貧血だってさ。

貧血なら大したことないね。

ああ、ラファは言い、悲しそうに笑った。メディケード《医療扶助制度》に神のご加護あれ。

テレビの明かりに照らされたラファの顔はひどく疲れて見えた。

その夏、おれたちの今後は頭のすぐ上に浮かんでた。女の子たちはおれに注目し始めてた。おれはかっこよくはなかったけど、相手の話をちゃんと聞いたし、腕にはボクシングの筋肉がついてた。他の宇宙でだったら、おれの人生もそこそこうまくいってたのかもしれない。どうにかイカれた恋人《ノビアス》やら仕事やらを手に入れ、愛の海で泳いでたかもしれない。でもこの世界では、兄貴が癌で死にかけてて、長く暗い人生は、まるで二キロも続く凍った道みたいにおれの目の前で待ち受けてた。

学校が始まる二週間前のある晩——二人はおれがもう寝てると思ったんだろう——ニルダはラファに将来の計画について話し始めた。ニルダでさえ、これからどうなるか知ってたと思う。ニルダの夢の話を聞いてると、それまでにないくらいめちゃくちゃ悲しくなった。なんとか母ちゃんから逃げ出して、家出した子供たちのためのグループホームを開きたいの。でも、あたしのはすごくいい施設でね、ニルダは言った。困ってる普通の子が入れるの。ニルダはラファのことがきっとすごく好きだったんだろう。延々と話し続けたから。言葉が溢れだす、なんて表現を使う人はたくさんいるけど、そういうのをおれが聞いたのはその晩が初めてだった。途切れることなく、言葉がそれ自身とぶつかり合いながら、同時に一つの流れになるような話し方だった。ラファは何も言わなかった。もしかしたら、ラファはニルダの髪に手を突っ込んでたのかもしれないし、うるせえ、なんて思ってたのかもしれない。ニルダが話をやめても、ラファは、へえ、とすら言わなかった。おれはどうしていいかわからなくて死にたくなった。三十分ぐらいすると、ニルダは起き上がって服を着始めた。ニルダからはおれの顔は見えなかったが、もし見えてたら、おれが彼女をきれいだと思ってるとわかっただろう。ニルダはズボンに両脚を通すと一気に引き上げ、腹をへこませてボタンを留めた。またね、ニルダは言った。

ああ、ラファは言った。

ニルダが出ていくと、ラファはラジオをつけ、スピードバッグを叩き始めた。おれは寝たふりをやめた。起き上がってラファを見てた。

喧嘩でもしたの？

いや、ラファは言った。

なんで出てったの？

ラファはおれのベッドに坐った。胸が汗ばんでた。出てかなきゃならなかったからさ。

でも今晩どこに泊まるの？

知らねえよ。ラファはおれの顔に優しく触れた。お前には関係ないだろ。

一週間後、ラファは他の女の子と付き合い始めた。彼女はトリニダード出身のラテン系黒人《ココア・パニョル》で、ものすごくインチキ臭い発音で英語をしゃべった。以前はおれたちもみんなこんなふうに英語をしゃべってた。誰も黒人野郎でなんかいたくないのさ。絶対に。

それから二年は経ってたと思う。兄貴はもう死んでて、おれはどんどん駄目になりつつあった。ろくに学校も行かず、友達もいなくて、家でスペイン語のテレビ番組を見てるか、ゴミ埋め立て地まで歩いて行き、売りさばくはずだったマリファナ《モタ》をわけがわかんなくなるまで吸ってた。ニルダもうまくいってなかった。ニルダにはたくさんのことが起こったけど、おれにも兄貴にも関係なかった。ニルダは二度ほど恋に落ち、黒人《モレノ》のトラック運転手に完全にのぼせ上がった。やつはニルダをマナラパンに連れて行き、夏の終わりに捨てた。おれはニルダを車で迎えに行かなきゃならなかった。運転手の家は小さい箱みたいで、悲しげで安っぽい芝生があった。ニルダはイタリア娘みたいに振る舞って、車の中でおれにコカイン《パソ》を勧めてきたりしたけど、おれはニルダの手に自分の手を重ねて、そんなことやめろよ、と言った。戻ってからも、ニルダはもっとバカなやつらを好きになった。街から越してきた野郎どもで、芝居染みたやりかたでニルダを口説いた。やつらの女たちがニルダをボコボコにした。ニューアーク風の袋叩きってやつだ。そしてニルダは下の前歯を失くした。学校にも行ったり行かなかったりで、しばらく自宅学習のプログラムを試したあと完全に中退した。

　おれが高校に入って三年目に、ニルダは新聞配達で稼ぎ始めた。おれはいつも外でぶらぶらしてたから、ときどきニルダを見た。胸が痛んだ。ニルダはまだ人生のどん底にいたわけじゃなかったけど、そこに向かいつつあった。すれ違うとき、ニルダはおれに微笑みながら挨拶した。ニルダは太り始めてて、ものすごく髪が短くて、重たげな丸顔は孤独そうだった。おれはいつも、よう、と言い、タバコを持ってるときはニルダにやった。ラファの葬式にはニルダも来てた。他にも、ラファの付き合ってた女の子が何人かいた。で、そのときニルダがはいてたスカートときたら。まるで、まだラファの気持ちを変えられる、とでも思ってるみたいだった。ニルダは母ちゃんにキスしたけど、母ちゃん《ビエハ》はニルダが誰か全然わからなかった。帰りの車で、おれは母ちゃん《マミ》にニルダについて教えなきゃならなかった。母ちゃんがニルダのことで覚えてたのは、いい匂いのする子だ、ってことだけだった。母ちゃんがそう言うまで、おれはそんなこと気づかなかった。

　こんなのたった一夏の話だし、ニルダが特別な誰かだった、ってわけでもない。じゃあ、要するに何なんだよ？　兄貴が死んだ。兄貴が死んだ。兄貴が死んだ。おれは今、二十三歳で、アーンストン通りの小っちゃなショッピングモールで自分の服を洗ってる。ニルダもいる――ニルダは自分の服を畳んでて、笑うと歯が失くなったところが見える。そして言う。もうずいぶん前よね、ユニオール。

そうだな、おれは言い、シャツやなんかを洗濯袋に詰める。外の空にはカモメもいなくて、アパートの部屋では母ちゃんが晩飯を用意しておれを待ってる。六ヶ月前、親子でテレビの前に坐ってたとき母ちゃんが言った。もうここから出ましょうよ。

ニルダは訊ねる。引っ越しとかしたの？

おれは首を振る。ただ働いてるだけさ。

本当にずいぶん前になっちまった。ニルダは全部の服を魔法みたいにぴしっときっちり畳んでる。他にも四人、洗濯物を片づけてる。金のなさそうな野郎どもで、ハイソックスをはき、カジノの係員みたいな帽子を被ってて、腕は傷だらけだ。ニルダに比べれば、やつらはみんな夢遊病者みたいに見える。ニルダはニコッと笑いながら首をかしげる。あんたのお兄さんのこと、ニルダは言う。

ラファだよ。

兄貴がよくやってたみたいに、ニルダはおれを指さす。

兄貴のこと思い出すとおれ、ときどき寂しくなるんだ。

ニルダはうなずく。あたしもよ。ラファは優しくしてくれた。

おれはきっと、信じられない、という表情を浮かべたんだろう。ニルダはタオルを振り広げ終えると、まるでおれが透明になったみたいに、おれの向こう側をじっと見つめたから。ラファはあたしにすごく良くしてくれた。

ニルダ。

ラファはよく、あたしの髪の毛で顔を隠して眠ったのよ。こうすると安心する、って言って。

おれたちに他に何が言えるだろう。ニルダが服を畳み終える。おれはニルダのためにドアを開ける。地元のやつらは、おれたちが出ていくのを見てる。おれたちは昔なじみの近所を歩いて行く。膨らんだ洗濯袋のせいでゆっくりと。ゴミ埋め立て地は閉鎖されて、ロンドンテラスは変わっちまった。家賃が急に上がって、イカれた南アジアのやつらや白人たちがここらのアパートに住み始めた。でも道で遊んだり、ポーチからぶら下がったりしてるのは、おれたちラテン系の子供だ。

ニルダは、このまま自分が倒れるんじゃないかと思ってるような、心配そうな目つきで地面を見てる。おれの心臓がドキドキする。そしておれはこう考える。おれたちなら何でもできる。結婚だってできる。西海岸まで車で行ける。もう一度やり直せるよ。何でもできるはずなのに、二人とも長いこと黙ったままこの瞬間は過ぎてしまい、おれたちはいつもどおりの世界に戻る。

あたしたちが初めて会った日のこと覚えてる？　ニルダは訊ねる。

おれはうなずく。

あんたが野球をしたいって言って。

夏だったよな。おれは言う。おまえはタンクトップ着てた。

シャツ着たらチームに入れてやる、ってあんたに言われて、そうしたっけ。覚えてる？

覚えてるよ、おれは言う。

その後ニルダとは話してない。二年後おれは街を出て大学に行った。ニルダがどこに行ったかはわからない。

アルマ

Alma

ユニオール、お前にはアルマという名前の彼女がいて、その長くしなやかな首は馬みたいで、大きなドミニカ風の尻はジーンズを越えた四次元にあるようだ。月を軌道から外しちまうほどの尻。お前に会うまで、彼女自身はずっと嫌いだった尻だ。お前がその尻に顔を埋めたいとか、その細くなめらかな首筋を噛みたいとか思わない日はない。お前が噛んだとき彼女が震える感じや、彼女が両腕でお前に抵抗する感じが好きだ。その腕はとても細くて、夕方にやってる子供向け番組に出てくる女の子みたいだ。

アルマはメイソン・グロスの学生で、ソニック・ユースを聞きマンガを読むオルタナ系のラティーナだ。彼女がいなければ、お前は永遠に童貞を捨てられなかったかもしれない。彼女はホーボーケン育ちだ。そこはラティーノ地区に属してて、八〇年代に中心部が焼け、安アパートの一帯が燃え上がった。十代だった彼女はロウアー・イースト・サイドでほぼ毎日過ごし、そこにずっと住むようになるだろうと思ってたのだが、ニューヨーク大学にもコロンビア大学にもだめだ《ニェット》と言われて、結局前よりニューヨークから遠ざかってしまっていた。アルマは今、絵に夢中で、彼女の描く人々はみんな土気色で、まるでたった今、湖の底から引き上げられたみたいだ。彼女の最新作はお前の絵だった。玄関のドアにだらしなく寄りかかってて、そのしかめ面の、おれは第三世界でひどい子供時代を送ったんだからこんな態度しかとれないぜ、みたいなお前の目だけははっきりわかる。片手の肘から先が巨大に描かれてる。ほら、おれの筋肉はすごいだろ。この二週間ほど暖かくなってきたので、アルマは黒い服を脱ぎ捨て、まるでティッシュペーパーみたいな生地の、丸見えのやつを着だした。強い風が吹いたら脱げちまうようなのだ。あなたのために着てるのよとアルマは言う。私はドミニカの伝統を取り戻そうとしてるの（それは全くの嘘でもない――もっとちゃんとお前の母親の手伝いをできるように、アルマはスペイン語の授業さえ取ってる）。そしてお前が道でアルマを見かけると、しゃなりしゃなりと、これ見よがしに歩いてる。通り過ぎる黒人たちが何を思ってるかが正確にお前にわかるのは、お前も同じことを思ってるからだ。

アルマは葦みたいに細く、お前はステロイド中毒の、ブロックみたいな体つきだ。アルマは運転が好きで、お前は本が好きだ。アルマはサターンを持ってて、お前の免許には違反の点数は付いてない。アルマの爪は料理をするには汚すぎ、お前の作る鶏肉入り《コン・ポヨ》スパゲッティは国で一番だ。二人はすごく違ってる――お前がニュース番組をつけるといつも、アルマは目をぐるりと上に向け、政治には「我慢できない」と言う。彼女は自分をヒスパニックとさえ言わない。アルマはお前が「社会派」で本物のドミニカ男だと女友達に自慢する（しかしながらドミニカ野郎《バナナ》リストにはお前の名前は載らないだろう。お前が付き合ったラテン娘は、アルマでやっと三人目だったのだから）。お前は友人の男どもに自慢する。彼女は他の誰よりもたくさんレコードを持ってるし、セックスのとき白人の女の子みたいなすごいこと言うんだ。彼女はお前が今までに付き合ったどんな女の子より大胆だ。最初のデートで胸か顔、どっちの上でイキたいのとお前に訊き、そのときお前は男としては修業中の身で、こんなときどうしたらいいのかを書いたメモもなくて、うーん、どっちでもないかな、と答えた。そして少なくとも一週間に一度、アルマはお前が見てる前でマットレスの上で膝をつき、色の濃い乳首を片方の手で引っ張りながら、自分のあそこをいじる。お前にはまったく触らせず、自分の柔らかい部分に当てた指を素早く動かす。するとアルマの顔は実に凄まじく幸せそうになる。淫らになりながらしゃべり続けるのも大好きで、こう囁く。私を見るのが好きなんでしょう、イクときの声を聞くのが好きなんでしょう、そしてイッてしまうと、うっとりとした長いうめき声を上げる。そのときになって初めて、お前に抱き寄せてもいいと言い、お前の胸で粘ついた指を拭く。

そうだ——これは正反対のものが引き合う、みたいな話だ、すごいセックス、みたいな話だ、考えたりなんてまるでしない、みたいな話だ。素晴らしい！　素晴らしい！　六月のある日に、ラクシュミって名前の一年生のきれいな女の子ともお前がやってることにアルマが気づくまでの話だが。ラクシュミともやってることに気づくのは、恋人たる彼女、アルマがお前の日記を開いて読むからだ（ああ、アルマは疑ってた）。彼女は玄関前の階段でお前を待ってて、お前はアルマのサターンを停めながら、彼女の手に日記があるのに気づく。そのとき、絞首台の落下口を太った盗賊が落ちていくように、心臓がお前の体の中を落ちていく。お前はエンジンをゆっくりと切る。大海のような悲しみに圧倒される。バレたことの悲しみに、アルマが決して許してくれないだろうとはっきりわかった悲しみに。お前は信じられないほど素晴らしい彼女の脚を眺める。

そしてその間にある、もっと信じられないほど素晴らしいオマンコ《ポポラ》のあたりを眺める。この八ヶ月間、あまりにも不実に愛してきたそれを。怒ったアルマがこっちに歩き出してはじめて、ついにお前は車を降りる。芝生の上を踊りながら横切る。お前のとんでもない厚顔無恥《シンベルグエンセリア》から湧き出る最後の毒ガスに勇気づけられて。やあ、べっぴんさん《ムニェカ》、そうやって最後までごまかそうとする。アルマが金切り声で叫び始めると、お前は訊ねる。ねえねえ、いったいどうしたんだい？　アルマはお前に叫ぶ。

　クソ野郎
最悪のゲス男
いんちきドミニカ男

アルマは主張する。

お前のチンコは小っちゃい
チンコがない
カレー味のマンコが好きなんて最低

（それは完全に言いがかりだ。お前は言おうとする。ラクシュミはガイアナ出身だからだ。でもアルマは聞いてない）

頭を垂れ、男らしく認める代わりに、お前は日記をつまみ上げる。まるで赤ん坊のウンコがついたオムツみたいに、セックスで使ったばかりのコンドームみたいに。お前は問題の個所をちらりと見る。そしてアルマに微笑みかける。お前が死ぬ日まで、お前の嘘つきの顔が憶えてるような微笑みだ。お前は言う。なあ、これはおれの小説の一部だよ。

こうしてお前は彼女にフラれる。

もう一つの人生《オトラビダ》を、もう一度《オトラベス》

Otravida, Otravez

彼がマットレスに坐ると、肉のついた尻のせいで、私がぴったりと四隅を合わせて敷いたシーツがずれてしまう。彼の服は寒さで硬くなっている。そしてズボンについた、乾いたペンキのはね跡が凍って鋲になっている。彼はパンの匂いがする。彼は話している。買いたい家のことや、ラティーノに売ってくれる家を見つけるのがどんなに難しいかを。ベッドを直したいから立って、と私が頼むと、彼は窓辺に歩いていく。ずいぶん雪が降るな、彼が言う。私はうなずき、彼が静かにしていてくれればいいのにと思う。アナ・イリスは部屋の向こう側で眠ろうとしている。彼女は夜更けまで、まだサマナにいる子供たちのために祈っていた。そして朝になったら工場《ファブリカ》で働かなきゃいけないのを私は知っている。彼女はもぞもぞと動き、掛け布団を何枚も被って、頭は枕で隠している。合衆国にいるのに、ベッドの上に蚊帳を吊している。

角を曲がろうとしてるトラックがいる、彼は私に言う。あの野郎《チャマコ》の代わりはやりたくないな。

この通り、車が多いでしょ、私は言う。たしかにそうだ。朝になると家の前の芝にトラックからこぼれた、塩や砕かれた岩が転がっている。雪の中の小さな宝の山。横になって、と私が彼に言うと、彼は私のところまでやって来て布団の中に潜り込む。彼の服はごわごわしている。そしてシーツの下が十分に暖まるのを待ってから、私は彼のズボンのバックルを外す。私たちは震えている。震えが止まるまで彼は私に触らない。

ヤスミン、彼は言う。口ひげが私の耳に当たってざらざらする。今日、パン工場で男が一人死んだ。彼はしばらく黙る。まるで沈黙が次の言葉を引っ張り出すゴム紐であるかのように。そいつ《エステ・ティポ》は屋根の垂木《たるき》から落ちたんだ。エクトルがコンベヤのあいだでやつを見つけた。

あなたの友達？

そいつには、おれが働かないかってバーで声をかけたんだ。ピンハネもされないからって。

気の毒に、私は言う。奥さんや子供がいなければいいけど。

いるだろうな。

彼を見たの？

どういう意味？

死んでるのを見たの？

いや。工場長に電話したら、誰も近づけるなって言われた。彼は両腕を組む。その屋根の仕事はずっとおれがやってたんだ。

あなたは運がいいから、ラモン。

ああ、でももしおれだったら？

下らない質問よ。

お前はどうしただろうな？

私は彼に顔を押しつける。これ以上を望むとしたら、それは今まで間違った女性たちと付き合ってきたってことじゃないの。でも私は本当はこう言いたい。ちょうど今、あなたの奥さんがサントドミンゴでしてるみたいなことをするでしょうね。アナ・イリスは部屋の隅で何やらぶつぶつつぶやいている。でもそれは振りだけだ。ただ彼女は私が面倒に巻き込まれないようにしているのだ。彼女を起こしたくなくて彼は黙る。しばらくして彼は立ち上がり窓辺に坐る。雪がまた降り出した。WADO（ニューヨークにあるスペイン語放送のラジオ局。ニュージャージーでも聞ける）は言う。今年の冬はこの五年で、ひょっとしたらこの十年でいちばん厳しくなるだろう。私は彼を見ている。彼は煙草を吸いながら、指で目の周りの薄い骨や、口の周りのたるみを辿っている。彼は誰のことを考えているんだろう、と私は思う。奥さんのビルタ、あるいは子供のことかもしれない。彼はビヤ・フアナに家を持っている。ビルタが送ってきた写真《フォトス》を見たことがある。彼女は細くて悲しげで、死んだ息子が隣に写っていた。彼はその写真を広口瓶に入れ、きつく蓋をしてベッドの下に置いている。

　キスをしないまま私たちは眠り込んだ。やがて私は目を覚まし、彼も目を覚ます。自分の部屋に戻るの、と私が訊ねると彼はいいや、と言う。次に私が目を覚ましたとき、彼は目を覚まさない。暗く寒いこの部屋で、彼はほとんど誰だかわからない。私は彼の分厚い手を持ち上げる。手は重くて、全部の爪のあいだに小麦粉が詰まっている。ときどき夜、私は彼の拳にキスをする。拳はプルーンみたいに皺だらけだ。一緒にいるこの三年間ずっと、彼の手はいつもクラッカーとパンの味がする。

　着替えをしている彼は私にもアナ・イリスにも話しかけない。上着の胸ポケットには使い捨ての青い剃刀を入れていて、鋭い刃が錆びてきている。彼は頬と顎に石鹸をつける。パイプを通ってきた水は冷たい。そして彼は顔をきれいに剃る。無精ひげとかさぶたを交換しているのだ。私は見ている。私の裸の胸には鳥肌が立っている。彼はどんどんと足を踏みならしながら一階に降り、家から出ていく。歯には少し歯磨き粉がついている。彼が出て行くとすぐ、同居人たちは彼の文句を言いだす。彼には寝に帰る部屋はないの。私が台所に行くと同居人たちは言うだろう。部屋ならあるけど、と私は言い微笑む。霜の付いた窓から、彼がフードを被り、シャツとセーターとコートの三層を肩のところで引き寄せるのが見える。

アナ・イリスが自分の布団を蹴る。何やってるの？　彼女は私に訊ねる。

何も、私は言う。ぐちゃぐちゃになった髪の奥から、彼女は私が着替えるのを見ている。

自分の男を信じられるようにならなきゃね、彼女は言う。

信じてるってば。

彼女は私の鼻にキスして、一階に下りる。私は髪を櫛でとかし、布団から食べ物の屑と陰毛を払い落とす。アナ・イリスは彼が私を捨てないだろうと思っている。彼はここに馴染みすぎている、私たちは長いこと付き合いすぎていると彼女は思っているのだ。彼って空港には行くけど飛行機には乗れないって類の男よね、彼女が言う。アナ・イリスは自分の子供たちを島においてきている。三人の息子にはほぼ丸七年会っていない。一度旅に出たら何を犠牲にしなければならないかを彼女はわかっている。

バスルームで私は自分の両目をのぞき込む。彼のひげ屑が水滴の中で揺れている。コンパスの針のように。

私は二本先の大通りにある聖ペテロ病院で働いている。決して遅刻しない。決して洗濯室を出ない。決して熱気から逃げられない。洗濯物を洗濯機に詰め込み、乾燥機に詰め込む。網から糸屑の膜を取り除く。粉の洗剤を山盛りに何杯も計る。四人の職員を監督していて、アメリカ人並みの給料をもらっている。でも単調でつらい仕事だ。私は手袋をはめた手でシーツの山を分けていく。汚れ物は掃除係が持って下りてくる。ほとんどが黒人女性《モレナス》だ。私は決して病人を目にしない。彼らはシーツについた汚れや染みとして私のところにやってくる。それらは病人や死につつある者が残すアルファベットだ。多くの場合、汚れが深く染みつきすぎていて、そうしたリネン類は特別の洗濯かごに投げ込まなきゃいけない。その洗濯かごに入れられたものはすべて焼却処分されるのだ、とバイトア出身の女の子の一人が言う。エイズ《スイダ》のせいよ、彼女はささやく。ときに染みは錆色で古く、ときに血は雨のように鋭く臭う。私たちが見る血の量からすれば、世界では大戦争が起こっているとみんな思ってしまうだろう。体の中で起こってる戦争だけよ、新入りの女の子が言う。

　部下の女の子たちは完全に信頼できるわけじゃない。でも私は彼女たちと働くのが楽しい。彼女たちは音楽をかけ、喧嘩をし、面白い話をしてくれる。私は怒鳴ったり苛めたりしないから、彼女たちは私が好きだ。みんな若くて、両親の手でアメリカに送り出された。ここに来たとき、私も彼女たちと同じ歳ごろだった。今二十八歳でもう五年ここにいる私を、彼女たちはベテランだと、揺るぎない岩みたいだと思っている。でもあのころ、最初の日々には、私はすごく孤独で、毎日自分の心臓を食べて暮らしているみたいだった。

　彼女たちの何人かには付き合っている男がいて、そういう子たちを私は信頼しないように気をつけている。彼女たちは遅刻したり、急に数週間来なくなったりする。何も言わずにニューヨ《ヌエバ・ヨ》ーク《ルク》やユニオンシティに行ってしまう。そうしたことが起こると私は主任の部屋に行かなきゃならない。彼は小柄で、痩せていて、鳥みたいな男だ。顔には毛がないが、胸と首にはもじゃもじゃの毛が生えている。何が起きたか私が話すと、彼はその女の子の応募書類を取り出し半分に裂く。ものすごく爽快な音だ。一時間も経たないうちに、他の女の子の一人がここで働きたいという友達を連れてくる。

　いちばん最近来た女の子はサマンタという名前で、彼女には困っている。色黒でいつも不機嫌そうで、彼女の言葉は掃き残したガラス片みたいだ——おかげでこちらが全然予想してないときに傷つけられてしまう。他の女の子がデラウェアに逃げたあと、彼女はこの仕事に就いた。まだアメリカに来てたった六週間で、ここの寒さを信じられないでいる。洗剤の樽を二度ひっくり返したし、仕事中、手袋なしで作業したあとで目を擦るという悪い癖がある。体調が悪いとか、二回も引っ越ししなければならないとか、同居人に金を盗まれたとか私に言ってくる。怯えやつれた不運そうな表情をしている。仕事は仕事よ、私は言うが、昼食を食べられるだけの金を貸し、個人の洗濯物をここの機械で洗わせてやる。感謝するかと思ったが、代わりに彼女は私に、しゃべり方が男みたいと言う。

　これから先は良くなるの？　彼女が他の子たちに訊くのが聞こえる。悪くなる一方よ、他の子たちは言う。凍えるような雨が降るんだから。彼女は私のほうに、半ば微笑みながら確信の持てない表情を向ける。たぶん十五歳で、子供を産んだにしては細すぎる。でも太った息子マノロの写真を私に見せてくれた。彼女は私の答えを待っている。特に私の答えを聞きたがっているのは私がベテラン《ベテラナ》だからだ。でも私は次の洗濯物のほうを向く。成功の秘訣は勤勉さよ、と前に私は説明しようとしたのだが、彼女は気にしていないらしい。ガムを口のなかで鳴らしながら、まるで私が七十歳ででもあるかのように、こっちに向かって笑う。私が次のシーツを開くと、まるで花のように血の染みが付いている。私の手のひらよりは小さい。洗濯かご、私が言うとサマンタがさっとかごの口を開く。私はシーツを丸めて投げる。うまく入る。シーツのひらひらした縁が真ん中に吸い込まれていく。

九時間リネン類の皺を伸ばしたあと、私は家に戻る。冷めたキャッサバに熱い油をかけて食べながら、車を借りたラモンが迎えに来るのを待っている。また私を連れて家を見に行くことになっているのだ。最初にアメリカに足を踏み入れたときから、家を買うことは彼の夢だ。そして今、いろいろな仕事をして金を貯めてきたおかげで、その夢はもう少しで叶いそうになっている。いったいどれくらいの人がここまでこられるだろう？　一度たりとも道を踏み外さず、間違いを犯さず、不運にみまわれない者だけだ。そしてラモンにはほぼそれがあてはまる。彼は本気で家を買おうとしている。ということは私も本気にならなきゃいけない。私たちは毎週、いわゆる世間に出かけていっては見ている。彼はそれを特別の行事だと考えている。まるでビザの申請に行くみたいな格好をして、パターソンでももっと静かな地区を車で巡るのだ。屋根や車庫の上に木々が広がっているような場所を。彼は言う。大事なのは慎重になることだ。そして私もそうねと言う。可能なときはいつでも彼は私を連れて行く。でも私はあまり役に立っていないと自分でもわかる。変化はあんまり好きじゃないのよ、私は言う。そして彼が欲しがる家の悪いところばかり見つける。後で車の中で彼は、自分の夢をじゃましてる、頑固《ドゥラ》すぎると私をなじる。

今晩私たちは、また新たな家を見る予定だ。ひび割れのある手で拍手しながら彼は台所に入ってくる。でも私はそんな気になれず、彼もそのことに気づく。彼は私の隣に坐り、手を私の膝に置く。行きたくないのか？

体調が悪いの。

どれぐらい？

けっこう。

彼は無精ひげを撫でる。家が見つかったらどうする？　おれだけで決めてもいいのか？

見つからないから。

でも見つかったら？

私と住むつもりなんてないくせに。

彼は顔をしかめる。時計を見る。出ていく。

アナ・イリスはもう一つのほうの仕事に出ている。だから私は夜を一人で過ごし、国中が冷え切っていくのをラジオで確認する。そのままじっとしていようと思ったが、九時には彼が私のクローゼットにしまっているものを目の前に広げている。絶対に触るなと彼に言われたものを。彼の本や服、段ボール箱に入った古い眼鏡、くたびれたサンダル《チャンクレタス》二足。宝くじの外れ券が何百枚か、重ねて折り曲げたいくつもの束になっていて、触るとその束がばらける。何十枚かの野球カード。ドミニカ人の選手たちだ。グスマン、フェルナンデス、アルー一家のカードがある。球を長打し、ワインドアップし、ベースラインをわずかに越えたところで強烈なライナーを捌《さば》く。洗ってくれと言って彼は何枚か洗濯物を置いていったが、今まで洗う時間がなかった。今夜広げてみると、ズボンの折り返しやシャツの袖口にまだイースト菌がべったりと付いている。

　クローゼットの一番上の棚に置いてある箱に、彼はビルタからの手紙の束を隠している。太い茶色のゴム紐で堅く縛られている。ほぼ八年分だ。封筒はどれも擦り切れてもろくなっている。ここに置いていることを彼は忘れているんじゃないかと私は思う。彼がここに物を置いて一ヶ月後、私はこれを発見した。ちょうど付き合いだしたころで、私は我慢できなかったのだ。そして後で我慢すればよかったと思った。

　前の年に手紙を書くのはやめた、と彼は言っていたけれど、それは嘘だった。毎月、私はラモンの洗濯物を持って彼のアパートに寄り、彼女が送ってきた新しい手紙を読む。彼がベッドの下に隠している手紙を。私はビルタの名前も住所も知っているし、彼女がチョコレート工場で働いていることも知っている。ラモンが彼女に私のことを言っていないのも知っている。

　年を追うごとに彼女の手紙は美しくなっていく。今や手書きの文字も変わった——どの文字も巻きながら下に降りていて、まるで舵のように下の行に垂れ下がっている。**お願い、お願い、愛する夫《ミ・ケリド》よ、何があったのか教えてください。妻のことなどどうでもよくなるのに、いったいどれだけかかったの？**

　彼女の手紙を読むと私はいつも気分が良くなる。それはあまり褒められたことではないとはわかっているけど。

　私たちはここに遊びに来てるんじゃないのよ、出会った日にアナ・イリスは言った。そして私は言った。確かに、そのとおりね。そうだと認めたくはなかったけど。

今日私は同じことをサマンタに言い、彼女は憎しみのこもった目で私を見る。今朝私が仕事に来ると、彼女がトイレで泣いているのを見つけた。彼女に一時間の休みをあげたいと思ったけど、私たちの上司はそういう感じの人じゃない。私は彼女を折り畳む係にした。いま彼女の両手は震えていて、また泣きそうな顔をしている。私は長いこと彼女を見ていて、それから何かまずいことでもあるの、と訊くと彼女は言う。まずくないことなんてある？

アナ・イリスは言った。ここは楽な国じゃない。最初の年を切り抜けられない子がたくさんいるのよ。

仕事に集中して、私はサマンタに言う。そうしたほうが楽よ。

彼女はうなずく。少女のような顔は虚ろだ。息子、あるいは子供の父親のことを思って寂しがっているのかもしれない。あるいは私たちの国そのもののことを。無くしてしまうまで決して考えもしない国、自分がそこにいなくなるまで決して愛することのない国のことを。私は彼女の腕をぎゅっと握り、主任に報告に行く。戻ってくると彼女がいなくなっている。他の女の子たちは気づかない振りをしている。私がトイレを確認すると、くしゃくしゃになったペーパータオルの束が床に落ちている。私は皺を伸ばし、流しの縁に置いておく。

昼食後も私は、彼女がやってきて、戻りました、散歩に行っていただけです、と言うのを願っている。

確かに、アナ・イリスみたいな友達がいて私は幸運だ。彼女はまるで姉のようだ。アメリカで私が出会ったほとんどの人はここには友達がいない。彼らはアパートに詰め込まれている。冷たくて、孤独で、疲れている。電話のところに列ができていて、男たちが盗んだ通話カードの番号を売っているのを見かける。彼らのポケットには二十五セント硬貨《クアルト》が入っている。

最初にアメリカにやって来たとき、私もそんなふうに孤独で、九人の女性たちと一緒にバーの上に住んでいた。夜は誰も眠れなかった。下の階から叫び声や瓶が吹っ飛ぶ音が聞こえたのだ。同居人の大部分は、誰が誰に何を貸しているだの、誰が金を盗んだだので揉め続けていた。余分な金があると、私は電話まで行き、母親に電話した。そうすると近所《バリオ》の人たちの声が聞けるのだ。まるで私が幸運そのものであるように、彼らは手から手へ電話を回した。そのころ私はラモンの下で働いていた。まだ付き合ってはいなかった——そうなったのは二年後だ。当時、彼は家事を請け負う仕事《ギソ》をしていた。ほとんどピスカタウェイで。初めて会った日、彼は私をじろじろ見た。どの村《プエブロ》の出身だ？

モカよ。

独裁者殺し《マタ・ディクタドル》（ウリセス・ウーロー（一八四五—九九）とラファエル・トルヒーヨ（一八九一—一九六一）の二人はいずれもモカ出身者に暗殺された）、彼は言い、ちょっとしてから、どのチームのファンなんだと私に訊ねた。

アギラス、何の気なしに私は言った。

リセイ（いずれもドミニカのプロ野球チーム）、野太い声で彼は言った。島で本物のチームはそれだけだ。それは彼が私にトイレをモップで掃除しろとか、オーブンを磨けと言うときと同じ声だった。そのころ私は彼が好きじゃなかった。彼はすごく傲慢だったし、声も大きすぎた。家主たちと彼が料金のことで言い合っているのが聞こえると、私はいつも鼻歌を歌うことにしていた。でも少なくとも彼は部下をレイプしようとはしなかった。そんな上司はたくさんいたのだが。少なくともそこはよかった。彼は自分の目も手も自分にだけ向けていたのだ。他にいくつも計画がある、大事な計画なんだ、彼は私たちに言った。彼を見ているだけで、私たちはその言葉を信じられた。

最初の数ヶ月、私は家を掃除し、ラモンが口論するのを聞いて過ごした。長い時間、街を歩き回り、母親に電話をする日曜日を待って過ごした。日中は仕事先の豪邸にある鏡の前に立ち、私は良くやっていると自分に言い聞かせ、そのあと家に戻ると、みんながひしめき合っている小さなテレビの前で縮こまって、これで十分なのだと信じた。

アナ・イリスと出会ったのはラモンの商売が失敗したあとのことだった。ここには金持ち《リコス》が足りないんだ、とがっかりもせずに彼は言った。友人たちに紹介されて、私はアナ・イリスと魚市場で会った。私と話すあいだも、彼女は魚を切って並べていた。彼女はプエルトリコ人《ボリクア》だと私は思ったが、あとでプエルトリコ人とドミニカ人《ドミニカナ》の混血だと教えてくれた。カリブ人の中でも最高で最低よ、彼女は言った。彼女の手先は素早く正確で、彼女の切り身は、砕いた氷を広げた上に並べられた他の人たちの切り身のようにずたずたではなかった。あなた病院で働ける？　彼女は訊ねた。

何でもできます、私は言った。

血を見ることになるけど。

あなたがこういう仕事をできるなら、私も病院で働けますよ。

私が初めて実家に送った、ぼやけた写真を撮ったのは彼女だった。その中の私はにっこり笑い、めかし込んでいるが不安そうだ。一枚はマクドナルドの前で撮った。すごくアメリカっぽいから母が喜ぶだろうとわかっていたからだ。もう一枚は本屋で撮った。私は読むふりをしているけど、それは英語の本だった。私は髪をピンで上げていて、耳の後ろの肌は青白く初々しかった。私は痩せすぎていて病気に見えた。いちばん良い写真は、私が大学の建物の前に立っているやつだった。学生はいなかったが、イベントのために金属の折りたたみ椅子が何百も建物の前に並べられていた。私は椅子のほうを向き、椅子は私のほうを向いていて、服の青い布地の上に置かれた私の両手は、光を浴びて驚くほどきれいだった。

週に三晩、私たちは家を見て回る。どの家もひどい状態だ。幽霊とゴキブリと、私たちラテン《ロス・》アメリカ系《イスパノス》のための家。それでも私たちに売ってくれる人はほとんどいない。直接会っているときは丁寧に接してくれるのに、結局それきりで連絡があったことはない。そして次にラモンが車で通りかかると、他の人たちがそこに住んでいる。たいてい白人《ブランキトス》たちだ。私たちのものになっていたはずの芝生を手入れしたり、桑の木から鴉を追い払ったりしている。今日は赤みがかった白髪のお爺さんが、私たちを気に入ったと言ってくれる。内戦《ゲラ・シビル》のとき、私の国で従軍したそうだ。素晴らしい人々だよ、彼は言う。美しい人々だ。家は完全に廃屋というわけではないが、私たちは不安だ。まるで子供を産む場所を探している猫のようにラモンは歩き回る。クローゼットの中に入り、壁をあちこち叩き、五分ほどもかけて地下室の濡れた継ぎ目の周囲を指で撫でる。カビ臭くないか嗅いでみる。バスルームで私はトイレの水を流し、彼はシャワーを目一杯に出して手に当てる。二人でゴキブリがいないか台所の棚を調べる。隣の部屋ではお爺さんが私たちの身元保証人に電話中で、誰かが言った何かに笑っている。

彼は電話を切り、私には分からない何かをラモンに言う。彼らの場合、声の調子では私にはどういうつもりかわからない。白人《ブランコス》は相手を歓迎するときと同じ声で、その人の母親を売女《プタ》だと言えるのだ。特に期待もしないまま私が待っていると、ラモンが近づいてきて、うまくいきそうだ、と言う。

良かったじゃない、私は言うが、ラモンの気が変わるに違いないとまだ思っている。彼はほとんど誰も信用しないのだ。車に戻ると彼は文句を言い出す。あの爺さんはおれを騙そうとしてる。

どうして？　どこか悪いところでもあった？

良く見せかけてるんだ。それも罠だよ。ちゃんと見たのに、二週間もすれば屋根が落ち始めるのさ。

直してくれるでしょう？

直すって言ってたよ。でもあんな爺さんを信じられるかい？　爺《ビエホ》さんがまだ歩き回れるのを見て驚いたくらいだよ。

私たちはそれ以上何も話さない。彼は肩をすくめている。首の筋が飛び出している。もし私がしゃべったら、彼は怒鳴り出すだろうとわかっている。彼は家で車を停める。雪の上でタイヤが滑る。

今晩は仕事？　私は訊ねる。

もちろんさ。

彼はビュイックの座席に深くもたれる。疲れている。フロントガラスは筋がついてすすけていて、ワイパーの届かない場所には泥がこびりついている。二人の子供がもう一人の子供にいくつも雪玉をぶつけているのを私たちは見る。ラモンが悲しい気持ちになっているのを私は感じ、彼が息子のことを考えているのだと気づく。そのとき私は彼の体に腕を回して、大丈夫だから、と言ってあげたくなる。

後で寄ってくれる？

仕事がどうなるかによるな。

わかった、私は言う。

私がその家の話をすると、同居人たちはいんちきな笑顔を交わす。すごく快適な家《ビエン・コモダ》に住めそうね、マリソルが言う。

もう何も心配ないわね。

本当にそうね。良かったじゃないの。

ええ、私は言う。

後で私はベッドに横になり、外のトラックの音を聞いている。トラックの荷台が塩と砂でガタガタ鳴っている。深夜、私は目を覚まし、まだ彼が戻っていないことに気づくが、朝になるまで腹は立てない。アナ・イリスのベッドは整えられている。蚊帳はきちんと畳まれて足のところに置いてある。ガーゼの蚊帳だ。バスルームからアナのうがいの音が聞こえてくる。寒さで私の手足は青くなり、霜とつららで窓の外が見えない。アナ・イリスが祈り始めると、私は言う。お願いだから、今日は勘弁してよ。

彼女は両手を下ろす。私は服を着る。

彼はまた垂木から落ちた男の話をしている。もしおれだったらお前どうする？　彼はまた訊いてくる。

他の誰かを見つける、私は言う。

彼は微笑む。そうか？　どこで？

あなたにも友達がいるでしょ？

死んだ男の恋人《ノビア》なんて誰が手を出す？

どうかしらね、私は言う。別にみんなに言わなきゃならないわけでもないでしょ。あなたを見つけたときみたいに誰か見つけるから。

みんなわかるだろうよ。どんな間抜け《ブルト》でも、おまえの目の中に死を見つけるさ。

人は永久に喪に服すわけじゃないのよ。

そういうやつもいるさ。彼は私にキスをする。お前はそうに決まってる。おれの代わりなんてそんなにいないからな。職場でそう言われるんだ。

息子さんのためにどれだけ喪に服してたの？

彼は私にキスするのをやめる。エンリキージョ。長いことだ。まだ思い出すと辛い。

あなたを見てもそんなことわからなかった。

それはお前が注意して見てないからだ。

表には現れないのよ。そう思う。

彼は手を下におろす。お前は利口な女じゃないな。

ただ表には現れないって言っただけよ。

今わかったよ、彼は言う。お前は利口な女じゃない。

彼が窓辺に坐り煙草を吸っていると、彼の奥さんからの最新の手紙を私はバッグから取り出し、彼の前で広げる。私がどれだけ恥知らずになれるかを彼は知らない。便箋一枚だけ、スミレの匂いがする。お願い、ビルタは紙の真ん中に几帳面に書いている。それだけだ。私はラモンに微笑みかけ、封筒に手紙を戻す。

アナ・イリスが一度私に、彼を愛しているの、と訊ねたとき、私は首都にある故郷の明かりの話をした。ちらちらと点滅していて、消えるかどうかわからない。明かりがどうなるかわかるまで、手を止めて待つだけで、何かをちゃんとなんてできない。そんな感じなの。私は彼女に言った。

彼の妻の外見はこんなふうだ。背は低く、お尻はすごく大きくて、ひどく真面目で、四十歳になる前に奥様《ドニャ》と呼ばれそう。もし私たちが同じ境遇で暮らしていても、友達になるかどうかは怪しい。


私は病院の青いシーツを自分の前で広げ両目を閉じる。でも目の前の暗闇には血の染みが浮かんでいる。これ漂白したら大丈夫ですかね？　サマンタが訊ねる。戻ってきたのだ。でもこれからどれだけいるかはわからない。どうして自分が彼女をクビにしないのかもわからない。ひょっとしたら彼女にチャンスをあげたいのかもしれない。ひょっとしたら、彼女が留まるか行ってしまうかを自分で見届けたいのかもしれない。そうしたところで私に何が分かるんだろう？　ほとんど何も、私は思う。足元に置いてある鞄には彼の服が入っていて、私は病院のものと全部一緒に洗う。彼は一日は私の職場の臭いをさせているだろうが、パンの臭いのほうが血の臭いより強いと私は知っている。

　ラモンが彼女を恋しがっている徴《しるし》を探すのを私はまだ止めていない。絶対そういうことを考えちゃだめ、アナ・イリスは私に言う。考えないようにするの。そのせいで狂いたくないでしょ。

　アナ・イリスはここでそうやって生き延びてきた。そうやって子供たちのことを考えすぎて狂わないようにしてきたのだ。私たちはここで、みなそんなことをして生き延びる。私は彼女の息子三人の写真を見たことがある。三人の小さな男の子が日本庭園《ハルディン・ハポネス》の松のそばで転げ回って笑っている。いちばん下の子はカメラに写るまいとして動き、濃い黄色のぼやけた像になっている。私は彼女の助言を聞き、仕事の行き帰りには周囲の夢遊病者みたいな人たちのことだけを考えようとする。道を掃いていたり、レストランの裏あたりにいる、伸びすぎた髪をして煙草を吸っている男たちのことを。そして電車からよろよろと出てくるスーツを着た人たち——その多くは愛人のところに立ち寄るのだろう。そして家で冷たい食事を食べているあいだ、夫や妻とベッドに入っているあいだに考えるのはそのことだけなのだろう。私は母のことを考える。私が七つのころ母は既婚の男と付き合っていた。彼は素敵な顎ひげを生やしていて、頬はごつごつで、すごく肌の色が黒くて、知り合いの誰もに夜《ノチェ》と呼ばれていた。彼は田舎《カンポ》でコデテル社の電話線を張る仕事をしていたが、私たちの近所《バリオ》に住んでいて、子供が二人おり、ペデルナレスで結婚した奥さんがいた。彼の奥さんはとてもきれいで、ラモンの奥さんのことを考えるとき私は彼女を思い浮かべる。ヒールを履いていて、茶色い長い脚を見せびらかし、周囲の空気より暖かな女性。色っぽい女性《ウナ・ヘバ・ブエナ》だ。ラモンの奥さんは教育がない人だろうと私は想像しているのではない。彼女が連続テレビ小説《テレノベラス》を見るのはただ暇をつぶすためだ。手紙の中で彼女は世話をしている子供について書いている。自分の子を愛していたのと同じくらいその子を愛していると。最初、ラモンがアメリカに行ってそんなに経たなかったころ、もう一人息子を産めると彼女は信じていた。彼女の愛する子《アモルシト》、このビクトルのような息子を。ビクトルはあなたみたいに野球をするのよ、彼女はそう書いていた。エンリキージョのことは決して書かなかった。

この国では不幸には終わりがない——でもときどき私は二人の未来をはっきりと思い浮かべる。それは良い未来だ。二人で彼の家に住み、私は彼に料理を作る。彼が台所のカウンターに食べ物を置きっぱなしにすると、私は彼を怠け者《サンガノ》と呼ぶ。毎朝ひげを剃る彼を見ている私を思い浮かべる。別のときのことも思い浮かべる。私たちはその家にいて、ある天気のいい日に（あるいは今日みたいな、すごく寒くて風が吹くたびに心が揺れる日に）彼は、目を覚ますと全ては間違いだと思う。顔を洗い、私のほうに向く。ごめんな、彼は言う。もう行かなきゃ。

サマンタがインフルエンザにかかった状態で職場に来る。もう死にそう、彼女は言う。作業から作業へ自分の体を引きずっていき、壁にもたれて休み、何も食べない。次の日私もかかる。ラモンにうつす。そのせいで彼に馬鹿だと言われる。おれが一日でも休めると思ってるのか？　彼は訊ねる。

私は何も言わない。何を言っても彼をいらだたせるだけだからだ。

ラモンは決して長くは怒り続けない。気がかりなことがあまりにもたくさんあるのだ。

金曜日に彼はやって来て、家がどうなったか教えてくれる。爺さんはおれたちに売りたがってる、彼は言う。私には理解できない書類を見せてくれる。彼は興奮しているが怯えてもいる。私もそういう気持ちになったことがあるからよくわかる。

おれはどうしたらいいと思う？　彼の目は私を見ていない。窓の外を見ている。

家を買うべきよ。それにふさわしいくらいがんばってきたんだから。

彼はうなずく。でも値段を負けさせなきゃならないな。彼は煙草を取り出す。これをおれがどれだけ待ってたかわかるか？　この国で家を買うってことは、ようやくちゃんと暮らし始めるってことだ。

私はビルタの話をしかけるが、いつもどおり彼は遮る。

もう終わったことだっていっただろう、彼はぴしゃりと言う。他に何が必要なんだよ？　クソ《マルディト》死体か何かか？　女ってのはそっとしとくってことができないもんだな。忘れるってことができない。

その夜アナ・イリスと私は映画に行く。二人とも英語はわからないが、新しい映画館の清潔な絨毯は好きだ。蛍光色の青とピンクの縞模様が壁中を稲妻みたいにジグザグに走っている。私たちは二人で一つポップコーンを買い、食料品店《ボデガ》で手に入れたタマリンドのジュースをこっそり持ち込む。周りの人たちはしゃべっている。私たちもしゃべる。

こんな生活から抜け出せるなんてあんたツイてるね、彼女は言う。あのクソ女《クエロス》たちといると私頭がおかしくなりそう。

まだ少々早すぎると思うが、私は言う。会えなくなると寂しいな、すると彼女は笑う。

あんたは別の人生に向かってるのよ。私に会えなくて寂しがってる暇なんてないさ。

そんなことない。たぶん職場まで毎日会いに行っちゃうかも。

そんな時間なんてないよ。

時間を作れたら行くから。それとも私にいなくなってほしいの?

もちろんそんなことないって、ヤスミン。馬鹿なこと言わないで。

きっとそんなに長続きはしないと思う。何度も何度もラモンがこう言ったのを覚えてる。何だって起こりえるんだって。

そのあと映画が終わるまで私たちは黙って坐っている。私の引っ越しについてどう思うか、私は彼女には訊ねなかったし、彼女も自分の意見は言わなかった。ある種の事柄を巡る沈黙を私たちはお互いに尊重している。いつか彼女が子供たちを呼び寄せるつもりなのかを決して私が訊かない、というようなことだ。彼女がどうするつもりなのかは私にはわからない。彼女には付き合っている男たちがいたし、彼らもまた私たちの部屋で寝たこともあったが、彼女は誰とも長くは続けなかった。

私たちはぴったりと肩を寄せあって映画館から歩いて戻る。雪の上に傷のように張っている輝く氷に注意しながら。この界隈は安全ではない。悪態をつけるだけのスペイン語しか知らない少年たちが街角にたむろして、しかめ面をしている。彼らは見もしないで車の走っている道を渡り、私たちとすれ違うと、その中の太った一人が言う。おれは世界一マンコを舐めるのがうまいんだぜ。豚野郎《コチノ》、アナ・イリスが小声で罵り片手で私に触れる。私が以前住んでいた古アパートを通り過ぎる。バーの上のところだ。私は見上げ、前に自分が外を眺めていたのはどの窓だったか思いだそうとする。ほら、行くわよ、アナ・イリスが言う。寒くて凍えそうよ。

ラモンがビルタに何か言ったに違いない。手紙が来なくなったから。あの格言は本当なんだと私は思う。十分に待てばすべては変わる。

家については、私が想像していたよりも更に長くかかった。ラモンは六回は買うのを止めようとした。電話をガチャンと切り、飲み物を壁に投げつけた。私はもうこの話はだめだ、うまくいかないと思った。でもまるで奇跡のようにうまくいってしまった。

見ろよ、彼は言う。書類を掲げている。見ろよ。彼はほとんど懇願している。

彼にとって本当に良かったと私は思う。やったじゃない、あなた《ミ・アモル》。

おれたちがやったんだ、彼は静かに言う。これでおれたち、ようやく暮らし始められる。

そしてテーブルに突っ伏して泣く。

十二月に私たちはその家に引っ越す。半ば廃墟で、住める状態なのは二部屋だけだ。この国に来たとき私が初めて住んだ場所に似ている。私たちは一冬まるまる暖房なしで過ごし、一ヶ月間バケツを使って入浴しなければならない。田舎の家《カサ・デ・カンポ》、私はふざけてここをそう呼ぶが、彼は自分の「息子《ニニョ》」を批判されるのを喜ばない。みんなが家を買える訳じゃないんだぞ、彼は私に思い出させる。このためにおれは八年貯金したんだ。彼は休みなく家の手入れをし続ける。同じ街区にある廃墟から資材を盗んでくるのだ。床板を一枚再利用するごとに金の節約になるだろう、彼は自慢する。辺りに樹木はたくさんあるけれども、裕福な地区というわけではない。だから私たちはいつも全てにちゃんと鍵をかけなければならない。

何週かのあいだは、玄関扉をノックしてまだこの家は売り物かと訊ねる人がいる。カップルもいて、私たちがそうだったに違いないような、期待に満ちた顔をしている。ラモンは彼らの前で扉をバタンと閉める。まるで彼らと同じ場所に引き戻されるのを恐れてでもいるように。でも私が扉を開けたときは優しく断る。売り物じゃありません、私は言う。良い家が見つかるといいですね。

私は知っている。人は永遠に希望を持ち続けるのだ。

病院が新しい病棟を建て始める。何台ものクレーンが、まるで祈りを捧げているように私たちのいる建物を取り囲んで三日後、サマンタは私を脇へ連れ出す。冬のせいで彼女は乾燥してしまっている。両手は爬虫類のようで、唇はいつ裂けてもおかしくないくらいひび割れている。お金を貸してほしいの、彼女は囁く。お母さんが病気で。

たいていお母さんなのよね。私はむこうを向いて行こうとする。

お願いだから。サマンタは懇願する。同じ国の人間でしょ。

確かに。そうね。

あなただってこれまでに誰かに助けてもらったんでしょ。

それも確かにそうだ。

次の日私は彼女に八百ドル渡す。貯金の半分よ。ちゃんと覚えておいて。

もちろん、彼女は言う。

彼女はすごく喜んでいる。あの家にラモンと引っ越したときの私より。私も同じくらい自由だったらな、と思う。彼女はシフトが終わるまで歌い続ける。私が若いころの歌、アダモなんかの歌を。でもやっぱり彼女はサマンタだった。タイムカードを押す前に私に言う。そんなに口紅を塗っちゃだめ。ただでさえ唇がでっかいんだから。

アナ・イリスは笑う。あの子そんなこと言ったの？

ええ、言った。

本当にろくでもない《ケ・デスグラシアダ》、彼女は言うが、賛嘆の響きがなくはない。

その週の終わりには、サマンタは仕事に出てこなくなる。私は訊いて回るが、彼女がどこに住んでいるかは誰も知らない。最後の日に何か意味ありげなことを言っていたという記憶もない。彼女はいつもどおり静かに出て行き、町の中心部までゆっくり歩いていって、そこでバスに乗ったのだろう。私は彼女のために祈る。自分の最初の一年を思い出す。どれほど帰りたかったか、どれほどよく泣いたか。私は祈る。私と同じように、彼女もこの国に残れますように。

一週間が経つ。一週間待って、私は彼女を諦める。代わりに来た女の子は無口で太めで、不平も言わず手も止めずに働く。私は時々、気分がすぐれないとき、国に帰り家族に囲まれているサマンタを思い浮かべる。暖かい国で。彼女は言っている。絶対に戻らない。何のためにも。誰のためにも。

幾晩か、ラモンが配管をしたり床にサンドペーパーをかけたりしているとき、私は古い手紙を読み、台所の流しの下にしまっているラム酒をちびちびと飲む。そしてもちろん彼女のことを考える。もう一方の人生に属している彼女のことを。

とうとう次の手紙が届いたとき、私は妊娠している。ラモンの前の部屋から私たちの新しい家に転送されてきたのだ。私は郵便物の山からそれを抜き出し、じっと見る。心臓が、まるでたった一つだけ、まるで私の体の中には他に何もないように高鳴る。開けたいが、代わりにアナ・イリスに電話をかける。彼女とは長いこと話していない。電話が鳴っているあいだ、私は鳥がびっしりととまっている生け垣を見つめている。

散歩に行きたい、彼女に言う。

枝の先を破って蕾が出てきている。以前住んでいた部屋に私が入っていくと、彼女は私にキスをして、台所のテーブルに向かって坐らせる。私が知っている同居人は二人しかいない。他の人たちは引っ越したか国に帰ったのだ。島から来た新しい女の子たちがいる。彼女たちは足を引きずって出入りし、ほとんど私に目をくれず、自分たちがしてきた約束のせいで疲れ果てている。私は彼女たちに教えてあげたい。どんな約束もあの海を越えることはできないのよ、と。私のお腹は目立ち始めていて、アナ・イリスは痩せてやつれている。彼女は何ヶ月も髪を切っていない。太い髪にできた枝毛があちこちに飛び出していて、まるで頭がもう一つあるくらい髪が膨らんでいる。それでも彼女は微笑むことができる。その笑顔があまりにも明るいので、何かを燃やしてしまっていないのは驚きだ。女性がどこか上の階でバチャタを歌っている。そして響いてくる彼女の声のせいで、この家の大きさを、どれだけ天井が高いかを思い出す。

ほら、アナ・イリスは言い、私にマフラーを渡す。散歩に行きましょう。

私は手紙を手に持っている。空は鳩のような灰色だ。そこここに残っている、砂利や埃の上で固まった雪を私たちの足が踏みしめる。ひしめき合って走る車が信号で速度を落とすのを待って、私たちは公園に急ぐ。最初の数ヶ月、ラモンと私は毎日この公園に来ていた。仕事の後ゆっくりしたいだけだ、彼は言ったが、私は毎回、爪を赤く塗っていた。最初に彼とセックスした前日のことを覚えている。そうなるだろうと私にはもうわかっていた。彼はようやく妻と息子のことを話してくれたのだった。私はその情報についてじっくりと考えながら、何も言わず、私の足の向くままに二人は歩いていた。少年の一団が野球をしているのに出くわすと、彼はむりやりバットを取り上げ、一度宙を斬りつけると、少年たちに深い位置で守らせた。彼はばつの悪い思いをするだろう、と私は思い、一歩下がったところに立ち、彼が転んだりボールが足下に落ちたりしたら直ぐに彼の腕を軽く叩けるように構えていたが、彼はアルミのバットでカーンと鋭い音を立てて球を捉え、上半身の緩やかな動きだけで子供たちのいる向こうまで運んでいった。子供たちは両手を挙げて大声で叫び、彼は子供たちの頭越しに私に向かって微笑んだ。

私たちは公園の端まで黙って歩いていき、それから大通りを横切ってダウンタウンに向かった。彼女、また手紙を書いてきて、私は言う。でもアナ・イリスはそれを遮る。子供たちに電話してるの、彼女が言う。裁判所の向かいにいる男を指さす。盗んだ通話カードの番号を彼女に売っている男だ。彼女は言う。あの子たちすごく大きくなっちゃって、もう声を聞いても誰だかわからないくらい。

しばらくして、私たちは坐らなければならなくなる。そうすれば私は彼女の手を握れるし、彼女は泣ける。私は何か言わなきゃいけないけれども、どこから始めていいのかわからない。彼女が子供たちを連れてくるか、あるいは彼女が戻るかだ。そんなにもたくさんのことが変わってしまった。

寒くなってくる。私たちは家に戻る。玄関扉の前で、一時間も経つかと思うくらい抱き合う。その夜私はラモンに手紙を渡し、彼が読んでいるあいだ、微笑もうとする。

フラカ

Flaca

疲れたり動揺したりすると、お前の左目はよく奇妙な動きをした。何かを探して動いてるのよ、お前はそう言った。おれたちがよく会ってたころ、左目はぴくぴく震えたりぐるっと回ったりして、お前は目を指で押さえて止めなきゃならなかった。おれが目覚めると、お前は椅子に浅く腰かけてそうしてた。お前はまだ教師の格好で、でも上着は脱いでて、ブラウスのボタンをいくつか外してたので、おれが買ってやった黒いブラと胸のそばかすが見えた。おれたちは間もなく終わりがくるとは気づいてなかったが、気づいてるべきだった。

今来たところ、お前は言い、おれはお前が外に停めたシビックを見た。

窓を閉めてこいよ。

もうすぐ行くから。

誰かに盗まれるだろ。

もう行くから。

お前は椅子に坐ったままで、おれはお前に近寄るほどバカじゃなかった。こうすれば二人でベッドに入らなくてもすむだろうという仕組みを、お前は念入りに作り上げてた。部屋ではおれの反対側に坐る。おれがお前の指の関節を鳴らすのを拒む。十五分以上おれの部屋にいない。そうしても一度も上手くいかなかっただろ？

あなたたちに夕食を持ってきたの、お前は言った。クラスの生徒にラザーニャを作ったから、余りを持ってきた。

おれの部屋は暑くて狭くて本で溢れてる。お前は決してこの部屋にいたがらなくて（靴下の中みたい、お前は言った）、仲間たちがいないときはいつも、おれたちは居間の絨毯の上で寝た。長い髪のせいでお前は汗をかいてて、ようやく目から手を離した。お前はずっとしゃべってた。今日から新しい生徒を受け持つことになったの。先生、うちの娘は見えちゃうことがあるから気をつけてくださいね、って母親が言ってた。

見えちゃうって？

お前はうなずいた。それが学校で役に立ちますかね、ってそのご婦人《セニョラ》に訊いてみたの。母親の答えはね、確かに学校では大して役には立たないだろうけど、私、数字当て賭博では何度か世話になったのよ、って。

おれは笑うべきだったんだろうが、じっと外を眺めてる。手袋みたいな形の葉っぱが、お前の車のフロントガラスに張り付いてた。お前はおれの横に立ってる。最初にジョイスの授業で、次に体育館でお前を見たとき、おれはお前をフラカ《やせっぽち》と呼ぶだろうとわかった。もしお前がドミニカ人だったら、おれの家族はお前を心配して、おれの部屋のドアまで料理を運んできただろう。料理用バナナ《プラタノス》やキャッサバがレバーや揚げチーズ《ケソ・フリト》のなかで窒息してるやつを山盛りでだ。フラカ。

もっとも、おまえの名前はヴェロニカ、ヴェロニカ・ハードラダだったけど。もうすぐ仲間が帰ってくるよ、とおれは言う。車の窓は閉めたほうがいい。もう行くから、お前は言い、また目を手で押さえる。

おれたちは本気になるはずじゃなかった。おれたちが結婚するとか、おれには想像できないよ。するとお前はうなずき、わかったと言った。それからおれたちはセックスした。心が傷つくことなんて何も起きてないふりをするために。これは五回目ぐらいに会ったときの話で、お前は黒い細身のワンピースを着て、メキシコのサンダルを履いてて、あなたが電話したいときにしてくれていいけど、私からはしないから、と言った。いつどこで会うかはあなたが決めて、と言った。もし私に決めさせたら、毎日会いたくなっちゃうから。

少なくともお前は誠実だったけど、おれもそうだったとはとても言えない。平日にはおれはお前に決して電話しなかったし、それで寂しいとも思わなかった。おれには仲間がいたし、トランスアクションズ出版での仕事もあったから忙しかったのだ。でも金曜と土曜の夜は、クラブで誰とも出会えないと、おれは電話した。沈黙が長く続き、ついにお前が、私に会いたい？と言うまで、おれたちは話し続けた。

おれは、ああ、そうだなと言い、お前が来るのを待つあいだ、ただのセックスだよ、わかってるだろ、大したことじゃないさと仲間たちに言う。そしてお前がやって来る。着替えと、朝食を作るための浅い鍋を持って。それから、クラスの生徒のために焼いたクッキーも持ってたりする。次の朝、仲間は台所でおれのシャツを着たお前に会う。最初はやつらは文句を言わない。どうせそのうちお前が来なくなるだろうと思ってるからだ。で、やつらが何か言い始めたころには、もはや手遅れだった。そうだろ?

おれは憶えてる。仲間はおれのやってることを注意して見てた。二年という月日は軽くないと考えてたのだ。そのあいだ、おれがお前を自分の彼女だとはっきりと言ったことは一度もなかったとしても。でもイカれたことに、おれはいい気でいた。おれにもいよいよ人生のいちばんいい時期がきた、みたいに思ってたのだ。おれは仲間に言った。これはおれの人生でもいちばんの選択だよ。だって、一生白人の女とヤリ続けるなんてしょせん無理なんだからさ。

ある集団では、それはしごく当然のことだった。おれたちの集団ではそうじゃなかった。

あのジョイスの授業では、お前は決してしゃべらなかったが、おれはずっとしゃべり続けた。そして一度お前がおれを見たとき、おれもお前を見ると、お前は赤くなった。教授も気づくほどだ。お前はパターソン郊外出身の貧乏白人で、それは、まるでファッションのセンスがないことに表れてた。お前はよく黒人とデートしてた。お前はおれたち黒人が大好きなんだよな、とおれが言うと、お前は怒って言った。そんなことない。

でもお前にはそういうところがあった。お前はバチャタを踊り、SLU(ラテン系の女子学生クラブ)に入会宣誓をして、もう三度もサントドミンゴに行ったことのある白人の女の子だった。

おれは憶えてる。私のシビックで家まで送ってあげる、とお前は何度もおれに言った。

おれは憶えてる。三度目におれは、いいよ、と言った。座席の間で二人の手が触れた。お前はおれにスペイン語で話そうとしたが、おれはやめろ、と言った。

今日はおれたち話が合うな。おれは言った。仲間も連れて、みんなで出かけないか。するとお前は首を振る。私はあなたと二人になりたいの、お前は言う。それまでいい感じでいられたら、来週な。

それはおれたちが望み得るいちばんいい関係だ。何もはっきりしないまま、何年も憶えてるような言葉など交わされないままの関係。髪を櫛でとかしながら、お前はおれを見る。切れた髪はどれもおれの腕くらい長い。お前はこの関係を終わらせたくないが、傷つきたくもない。素晴らしい状態とは言えないけど、おれがお前に何を言える？

おれたちは車でモントクレアまで北上する。大通りにはおれたちの車ぐらいしかない。すべてが静かで暗くて、昨日の雨で木々が輝いてる。オレンジ郡の少し南のあるところで、大通りは墓地を通り抜ける。数千の墓石や記念碑が両側に並んでる。想像してみて。お前は言い、いちばん近い家を指さす。もしあなたがあの家に住まなきゃいけなかったら。

そういう夢を見るんだろ、おれは言う。

お前はうなずく。悪夢をね。

おれたちは地図の販売店の向かいに車を停め、お気に入りの本屋に行く。大学から近いのに、客はおれたちしかいない。おれたちと三本足の猫だけだ。お前は通路に坐って箱に入った本を見る。猫はすぐにお前のところへ行く。おれは歴史の本をぱらぱらとめくる。おれと同じくらい長く本屋にいても平気なやつは、おれが人生で出会った中でもお前しかいない。インテリ女だ。そんなに毎日お目にかかれるわけじゃない。おれがお前のところまで戻ると、お前は靴を両方とも脱ぎ捨てて、膿んだ足のたこをいじりながら児童書を読んでる。おれは両腕でお前の肩を抱く。

フラカ、おれは言う。お前の髪がずり上がり、おれの無精ひげに引っかかる。おれは誰が見ても失礼なくらいしかひげを剃らない。

私たちうまくいくと思う、お前は言う。ただ流れに身を任せればいいだけよ。


あの最後の夏、お前がどこかへ行きたがったので、一緒にスプルース・ラン貯水湖に行った。二人とも子供のころそこへ行ったことがあった。何年に、あるいは何月に行ったかさえお前は憶えてたが、どうがんばってもおれが思い出せるのは、子供のころだったということまでだ。見て、クイーンアンズレースの花がいっぱい、お前は言った。お前は窓から夜の空気の中に身を乗り出し、おれは万一に備えて、お前の背中に手を置いてた。

おれたちは二人とも酔ってて、お前はスカートの下にガーターとストッキングしか身につけてなかった。お前はおれの手を股の間に持っていった。

ここに来たとき家族で何したの？　お前は訊ねた。

おれは夜の湖を見た。家族でバーベキューしたよ。ドミニカのバーベキューさ。親父はやり方さえ知らなかったけど、でもやると言い張ってね。なんだか赤いソースを作ってスペアリブ《チュレタス》にザッとぶっかけると、ぜんぜん知らない人にまで声をかけて食わせた。ひどいもんだったよ。

私、子供のころ片目に眼帯してたの、お前は言った。もしかしたら私たち、ここで出会って、そのひどいバーベキューを食べながら恋に落ちてたかも。

そんなわけないだろう、おれは言った。

言ってみただけよ、ユニオール。

もしかしたら五千年前、おれたちは一緒だったかもしれないな。

五千年前、私はデンマークにいた。

確かに。でおれの半分はアフリカにいた。

何してたの？

農業だろう。どこの誰でもそうさ。

もしかしたらそれ以外のどこかで、私たちは一緒だったかも。

おれには想像できないけどな、おれは言った。

お前はがんばっておれを見ないようにしてた。もしかしたら五百万年前。

そのころには人間もいなかっただろ。

その夜お前はベッドに横たわり、目を覚ましたまま、救急車が近くの道を突っ走るのを聞いた。

お前の顔が熱くて、その熱でおれの部屋を何日でも暖めておけそうだった。お前が自分自身の、自分の胸の、自分の顔の熱さにどうして耐えられるのかわからなかった。おれはほとんど触れることさえできなかった。突然お前は言った。愛してる。そのことにどんな価値があるかわからないけど。


その夏おれは眠れなかった。その夏おれはよく朝四時にニューブランズウィックの道を走った。八キロ以上走ってたのはそのころだけだった。その時間には誰もいなくて、ハロゲン灯のおかげですべてがアルミホイルの色になり、車に付いた水滴が全部燃え立ってた。メモリアルホームズの周囲を走ったのを憶えてる。ジョイス・キルマー通りを行き、スループ通りを横切り、キャメロットのあるあたりに出た。そのイカれた古いバーは、焼けて板に覆われたままだった。

おれは毎晩夜通し起きてて、UPS宅配便の仕事から親父さんが帰ってくるころには、プリンストンの連絡駅からの列車が着いた時間を書き記してた——居間にいるとブレーキの音が聞こえたのだ。おれのはらわたまで響いてくる、歯ぎしりの音だった。こんなふうに夜を明かすことには何かの意味がある、とおれは思ってた。もしかしたらそれは、喪失にせよ愛情にせよ別の言葉にせよ、もはや手遅れになってから出てくる何かかもしれないと。でも仲間はメロドラマには大して興味がなかった。やつらはそんなたわごとを聞くと、もうやめろ、とだけ言った。特に親父さんだ。親父さんは二十歳で離婚してて、ワシントンDCに二人子供がいて、そのどちらとももう会ってなかった。おれの話を聞いて親父さんは言った。まあ聞け。これを乗り越える方法は四十四通りあるぞ。親父さんはおれに、嚙み跡だらけの両手を見せてくれた。


おれたちはもう一度スプルース・ラン貯水湖に行った。憶えてるかい？ 喧嘩が延々と続いて、いつもベッドの中で終わってたころのことだ。互いにずたずたに引き裂きあうことで、すべてを変えられるかもしれないと思ってた。二ヶ月も経たないうちに、お前は他のやつと付き合い始め、おれもそうすることになる。彼女もお前と同じで肌が黒くはなかったけど、シャワーで自分のパンティを洗う娘で、髪は小さな拳《プニョス》が集まった海みたいに波打ってた。おれたちが二人でいるところを初めて見たお前はむこうを向き、明らかに乗らなくていいバスに乗りこんだ。横で彼女が、あの人だれ？ と言ったとき、おれは言った。ただの女の子さ。

その二度目の旅で、おれは岸辺に立ち、お前が水に入って歩いていくのを見た。お前が細い腕や首に湖の水をかけるのを見た。二人とも二日酔いで、おれは絶対に濡れたくなかった。水には人を癒す力があるのよ、お前は説明した。司祭が礼拝のときそう言ってたの。お前は瓶に湖の水を入れた。白血病のいとこと心臓の悪いおばのためにだ。お前はビキニのパンツにTシャツ姿で、丘から下りてきた霧が木々をレースみたいに飾ってた。お前は水の中を歩いていき、腰まで浸かったところで立ち止まった。おれはお前をじっと見てて、お前はおれをじっと見てた。あのとき、愛って感じだったよな？

その夜お前はおれのベッドに入ってきた。信じられないくらい細かった。そしておれがお前の乳首にキスしようとすると、お前はおれの胸に手を当てた。待って、とお前は言った。

下の階では、仲間がテレビを見て叫んでた。

お前は口から水を垂らした。水は冷たかった。おれの膝まで濡らしたところで、お前はもう一度、瓶の水を口にふくまなきゃならなくなった。おれはお前が息をする音を聞いてた。すごくかすかな音だった。おれは瓶の中で水が立てる音を聞いてた。それからお前は、おれの顔や股や背中を濡らした。

お前はおれのフルネームを囁いた。そして二人は互いの腕の中で眠った。そしておれは憶えてる。次の朝、お前は行ってしまった。完全に行ってしまった。ベッドにも家の中のどこにも、そうじゃないという徴《しるし》はなかった。

プラの信条《プリンシプル》

The Pura Principle

あの最後の何ヶ月かだ。包み隠したり取り繕ったりなんてできなかった。ラファは死にかけてた。そのころには世話をするのはおれと母ちゃん《マミ》だけになってたし、おれたちにしてもどうすりゃいいのか、どう言やいいのかわからなかった。だからただ黙ってた。どっちにしろ母ちゃんは感情をあらわにするタイプじゃなかった。むしろブラックホール的人格だ——クソみたいなことが降りかかっても、母ちゃんがどう感じてるかは決してわからない。ただ受け入れるだけみたいで、光も熱も、何も発しなかった。おれはと言えば、もし母ちゃんがしゃべる気だったとしても、全然そんなふうにはなれなかっただろう。何度か学校の仲間が兄貴の話をしようとしたけど、その度におれはブチ切れた。お前たちには関係ねえだろ、うるせえよ。

おれは十七歳半だった。マリファナできめまくってたから、その頃のことなら一時間分でも思い出せたらいいほうだ。

母ちゃんも母ちゃんなりに逃避してた。へとへとになるまで働いたのだ——兄貴の世話をし、工場で働き、家事をこなす。母ちゃんは寝てるかどうかさえ定かじゃなかった（おれはアパートにいても指一本動かさなかった。男の特権ってやつさ)。それでもどうにか時間をかき集めて新しい彼氏と付き合ってた。神様のことだ。おれにはマリファナ《イェルバ》、母ちゃんには神様《イェホバ》ってわけさ。母ちゃんはそれまで教会の活動には熱心じゃなかったけど、家族が癌の惑星に着陸したとたん、母ちゃんは異常なほどのキリスト信者《ヘスクリスト》になっちまって、手近に十字架でもあれば自分を磔にしかねないほどの勢いだった。とりわけあの最後の一年、母ちゃんはマリア様にはまってた。お祈りグループを一日に二、三度もうちのアパートへ連れてきたのだ。啓示の馬ヅラ四人組、っておれは呼んでた。いちばん若くていちばん馬ヅラだったのはグラディスだった——一年前、乳癌と診断されて、その治療の真っ最中に非情な夫がコロンビアに逃げ、そのまま彼女の従妹と結婚しちまった！　ハレルヤ！　もう一人の女性の名前をおれは全然憶えられなかったのだが、たった四十五歳なのに、もう九十歳に見えた。彼女は完全なゲットーの敗残者だった。太りすぎてて、腰が悪く、肝臓が悪く、膝が悪く、糖尿病で、たぶん坐骨神経痛だった。ハレルヤ！　でもメインを張るのはロージーさん《ドニャ・ロージー》だった。おれたちと同じ建物の上の階に住んでて、本当に性格のいいプエルトリコ《ボリクア》系の女性で、こんなに幸せそうな人は見たことない、って感じだった。でも盲目だったけど。ハレルヤ！　彼女には注意しなくちゃいけない。下にちょっとでも椅子に似たものがあれば、ロージーさんはいつも、ろくに確かめもせずに坐っちまう。で、もう二度もソファに坐り損ねて尻を床に打ちつけてた——前回はこんなふうに叫びながらだ、いったいどうなってるの《ディオス・ミオ・ケ・メ・アス・エチョ》？——でおれはわざわざ地下の部屋から出てきて、ロージーさんが立つのを助けなきゃならなかった。このばあさんたち《ビエハス》が母ちゃんの唯一の友達だった——親戚すら二年目には寄りつかなくなってた——そして彼女たちが来てるときだけ、母ちゃんはいくらかは昔の自分に戻った。くだらない田舎《カンポ》っぽい冗談を連発した。どのカップ《タシタ》にもぴったり同じ量だけ注いだと思うまで、彼女たちにはコーヒーを出さなかった。そして四人組のうち誰かが勘違いでもすると、そおーねーえー《ブーエーノー》と引き延ばして言うだけで気づかせた。それ以外のときには、母ちゃんが何を考えてるかは全然わからなかった。とにかく常に動き回ってた。掃除洗濯をし、整理をし、料理をし、店にこれを返しに行き、あれを買って帰った。止まってる姿を見かけることはめったになかったけど、そういうとき母ちゃんは手で両目を覆ってて、それで疲れてるとわかった。

でも、おれたちのなかでいちばんヤバかったのはラファだった。二度目の入院から戻ってくると、まるで何ごともなかったように振る舞ったのだ。バカみたいな話だけど。だって、放射線治療で脳にダメージを受けたせいで、ラファは自分がどこにいるかわからないことも多かったし、そうでないときも、屁もできないくらい疲れ切ってた。化学療法のせいで野郎は四十キロも痩せて、まるでブレークダンスしてるゾンビみたいだった（兄貴はニュージャージーでもいちばん、ジャージと太いゴールドのネックレスにこだわる男だった）。脳脊髄液を取った注射の痕が背中にずらっと並んでても、兄貴の偉そうな態度は事実上、病気の前と変わらなかった。まさに百パーセント、イカれてた《ロコ》。ラファは近所でも知られたイカれ野郎であることに誇りを持ってたから、癌みたいな些細なことじゃ自分の公務を諦めなかった。病院を出て一週間もしないうちに、不法滞在してるペルー人のガキの顔をハンマーでぶん殴り、その二時間後にはパスマークで、どっかのバカが自分の悪口を言ったと思って喧嘩を始めた。兄貴はそのバカの口元に右の拳を弱々しく振り下ろした。そこいらにいたおれたちはなんとか止めた。何すんだよ、兄貴は叫び続けた。まるで、完全にイカれてるのはおれたちのほうだ、とでも言わんばかりに。おれたちともみ合って兄貴の体にできた傷はまるで紫の丸鋸、いくつものちっちゃなハリケーンだった。

兄貴はどうにも手に負えない《フィグレアンド》野郎だった。昔から色男《パピ・チュロ》で、もちろんすぐさま昔なじみの尻軽《スシ》女《アス》たちを捕まえては、母ちゃん《マミ》が家にいようがいまいが地下の部屋にこっそり連れこんだ。一度なんて、母ちゃん《マミ》の祈りの会の真っ最中に、地球上でいちばん尻のデカいパークウッドの女の子を連れてぶらぶら戻って来た。あとでおれは言った。ラファ、少しは気をつかえよ《ウン・チン・デ・レスペト》。兄貴は肩をすくめた。もう弱っちまったなんて、やつらに思わせるわけにはいかないからな。ラファはホンダ・ヒルでぶらついては、まるでアラム語でもしゃべってるみたいに何やらムニャムニャ言いながら帰って来た。あんまり事情をよくわかってないやつは、野郎が回復中だと思ったろう。また体重を増やしてやる、見てろよ、って兄貴はみんなに言った。そして母ちゃんに、ウッとくるようなプロテイン入りのシェイクを作らせた。

母ちゃん《マミ》は兄貴をなんとか家にいさせようとした。お医者さんがなんて言ったかわかってるでしょ、ねえ《イホ》。でもラファはこう言うだけだった。わかってる《タ》って《ト》、母ちゃん、わかってる《タ》、《ト》でドアから飛び出してった。母ちゃんは絶対にラファに言うことをきかせられなかった。おれに対しては叫び罵り殴りつけるが、ラファを前にすると、まるでメキシコのメロドラマのオーディションを受けてるような態度になっちまう。ああ、わが息子《アイ・ミ・イヒート》、ああ、わが宝物《アイ・ミ・テソロ》ってわけ。おれはチーズクウェイクに住んでる小柄な白人の女の子を口説こうと必死だったが、なんとかラファの勢いを削ごうともしてた——なあ、今は回復期ってやつだろ？ ——でも兄貴は死んだような目でおれを眺めるだけだった。

とにかく数週間暴走し続けたあと、バカ野郎は壁に激突した。夜通し出歩いていたせいでダイナマイトみたいな咳をするようになり、二日間病院に舞い戻った――前回の入院（八ヶ月だ）に比べれば大したことなかった――そして退院すると、どうにかちゃんと振る舞おうとした。徹夜して吐くまで飲むのをやめた。たちの悪いポン引きみたいな真似もやめた。女の子たちがソファで兄貴のために泣いたり、地下の部屋でチンポコ《ラボ》にフェラチオしたりすることもなくなった。最後まで頑張ってたのは、ラファの別れた彼女のタミー・フランコだった。付き合っている間中、ラファはタミーにかなりの暴力を振るった。けっこう激しく、だ。二年間の公共広告状態ってわけさ。ときどきラファはタミーにものすごく腹を立てて、髪の毛をひっ掴んで駐車場で引きずり回した。一度なんかタミーのズボンのボタンが外れて、足首までずり下がった。でみんなにマンコ《トト》やらなにやら丸見えになっちまった。いまだにおれにとってのタミーのイメージはそれだ。兄貴と別れたあと、タミーは白人の野郎とすぐに付き合いだして、あっと言う間に結婚した。きれいな女の子だ。ホセ・チンガの「イカした《フライ》オッパイ《テタス》」って曲覚えてるかい？　タミーはそういう感じだった。結婚してて、きれいで、それでもまだ兄貴を追いかけてた。妙なことに、ラファを訪ねてきても、タミーはアパートの中にはぜんぜん入ってこなかった。タミーがカムリを家の前に停めると、ラファは出ていき、そのまま助手席に坐った。おれは夏休みに入ったばかりで、例の白人の女の子が電話に出てくれるのを待ちながら、台所の窓から二人を見てた。ラファが手のひらでタミーの頭を下げて膝のほうに引き寄せるのを待ってたけど、そんなふうなことはぜんぜん起こらなかった。二人が話しているようにさえ見えなかった。十五分か二十分くらいすると、ラファは車を降り、タミーは車を発進させて、それで終わりだった。

　まったく、おまえら何やってたんだ？　テレパシーで交信でもしてたのか？

ラファは奥歯を指でいじってた――放射線照射のせいでもう二本だめになってた。

タミーってさ、なんかポーランド野郎と結婚してなかったっけ？　で子どもも二人いるよな？

ラファはおれを見た。おまえに何がわかるんだよ？

いや、何も。

何もだったらその腐った口を閉じとけ《エントンセス・カジャテ・ラ・ファッキング・ボカ》。

こうしてラファは、最初からそうすればよかったように暮らし始めた。無理をせず、家の中をうろつき、おれのマリファナを全部吸ってしまい（おれは隠れて吸わなきゃならなかったが、ラファは居間の真ん中で葉っぱを巻いていた）、テレビを見て、寝てた。母ちゃん《マミ》はものすごく喜んだ。時々満面の笑みを浮かべさえした。聖なる神《ディオス・サンティシモ》が祈りに応えてくれた、と四人組に言った。

褒むべきかな《アラバンサ》、とロージーさん《ドニャ・ロージー》は言い、ビー玉みたいな目を動かした。

おれはときどきラファの隣に坐って、メッツの試合を見た。今どんなふうに感じてるのか、これからどうなると思ってるのか、ラファは一言も言わなかった。ベッドの中で目眩《めまい》と吐き気に襲われてるときだけ、ラファがこううめくのが聞こえた。いったい全体どうなってるんだよ？　どうしよう？　どうしよう？

嵐の前の静けさだと思うべきだった。咳が止まって十日もしないうちに、ラファはほとんど丸一日家をあけ、アパートに戻るなりパートタイムの仕事を見つけたと言い放った。

パートタイムの仕事だって？　おれは言った。気でも狂ったのかよ？

男ってのは忙しくしてなきゃな、ラファは大きくにやりと笑った。役立つ人間でいなきゃ。

場所はよりによってヤーン・バーン（手芸用品のチェーン店）だった。最初母ちゃんは、もう私には関係ない、ってふりをしてた。あんた自殺したいんだったら、勝手にすればいいよ。でも後で母ちゃんが台所でラファをなんとか説得しようとしてるのをおれは聞いた。低い一本調子の懇願が続いて、とうとう兄貴は言った。母ちゃん、おれのこと放っといてくれるかい？

それはまったくの謎だった。実行せずにはすまないような、とてつもない労働倫理を兄貴が抱いてるわけじゃなかった。ラファがやったことのある唯一の仕事はオールドブリッジに住む白人のガキにドラッグを売ることで、その商売だって、すさまじくやる気がなかった。もしなにかやることがほしいなら、また売人をやればいい――そっちの方が簡単だろ、おれは兄貴に言った。クリフウッド・ビーチやローレンス・ハーバーの白人のガキどもなら、まだ大勢顔見知りだった。顧客たるクソ野郎どもだ。でもラファは売人をやろうとはしなかった。どんな過去の遺物引っ張り出してんだよ？

遺物？　おれは自分が聞いた言葉が信じられなかった。でヤーン・バーンで働くつもりか？

売人やるよりいいだろ。そんなの誰だってできるし。

で糸売るってのか？　スゲえやつしか糸売れないってか？

ラファは両手を膝の上に置いた。両手を見つめた。おまえはおまえの人生を生きろ、ユニオール。おれはおれの人生を生きる。

兄貴が理に適った人間だったことはほとんどないが、これは本当にびっくりだった。おれはそれを退屈のせいにした。病院で過ごした八ヶ月のせいにした。飲んでる薬のせいにした。自分が健康だと思いたがってるせいにした。実のところ、ラファはパートで働くことにすごく興奮してるみたいだった。仕事に行くのにめかしこみ、念入りに髪に櫛を入れた。見事だった髪は化学療法のせいで、まばらに生えてはきてるものの、陰毛みたいだった。わざわざすごく早起きした。遅れるわけにはいかないからな。ラファが出ていくたびに母ちゃんはドアをバタンと閉めた。そしてもしハレルヤ仲間が来てれば、全員が数珠を握って祈った。おれはほとんどの時間、マリファナで頭がイカれてるか、チーズクウェイクの女の子を追っかけてたけど、それでも何度か店に寄って、モヘアの通路でラファがうつ伏せに倒れてないか確かめた。シュールな光景だった。近所でもいちばんのコワモテ野郎が、葉っぱみたいな値札を付けて回ってた。おれはラファがまだ生きてるのを確認すると、すぐ店を出た。ラファはおれを見ないふりをした。おれはラファに見られてないふりをした。

最初の給料を持って帰ったとき、ラファはテーブルの上に金を投げて笑った。がっぽり稼いだぞ、ほら。

ほんとだ。おれは言った。すげえな。

でもその晩遅く、おれはラファに二十ドルせびった。兄貴はおれを見て、金をくれた。おれは車に飛び乗り、ローラが何人かの友達といっしょにいるはずの場所に向かったが、おれが着いたころにはもう彼女はいなかった。

このバカげた仕事は長くは続かなかった。だってさ、どう考えても無理だろ？　三週間、骸骨のような見た目で、太った白人女性たちを恐がらせたあと、ラファはものを忘れ、方向感覚を失い、客に間違った釣りを渡し、誰彼かまわず罵るようになった。そしてついにラファは通路の真ん中で坐りこみ、そのまま立てなくなった。具合が悪すぎて自分で運転して帰れなかったから、職場の同僚が家に電話をかけてきて、おれをベッドから叩き出した。行ってみると、ラファは事務所で坐り、がっくりとうなだれてた。そしておれがなんとかラファを立たせると、やつの世話をしてたスペイン系の女の子がわあわあ泣き始めた。まるでおれがラファをガス室にでも連れてくみたいに。ラファの熱はものすごく高かった。デニム地のエプロンの上からでも熱いのがわかった。

まったくもう、ラファ。おれは言った。

ラファは下を見たままだった。もごもご言った。行くぞ《ノス・フイモス》。

おれが運転するあいだ、ラファはマーキュリー・モナークの後部座席で横になってた。死にそうだよ、ラファは言った。

死なないよ。でもくたばったら、この車はおれにくれよな。いいだろ？

こいつは誰にもわたさないよ。この車に乗ったまま埋めてもらうんだ。

このボロ車に？

ああ、テレビとボクシングのグローブも一緒にな。

え、兄貴ファラオにでもなったのか？

ラファは親指を立てた。おまえの奴隷尻をトランクに入れな。

熱は二日で下がった。でも、ベッドよりソファで長く過ごせるまで回復するのに丸一週間かかった。ラファは動けるようになったらすぐヤーン・バーンに戻るか、海兵隊に入ろうとするかするだろう、とおれは確信してた。母ちゃんも同じことを恐れてた。だから機会がある度に、そんなことはさせない、とラファに言い聞かせた。私が許さないから。「五月広場の母親たち《マドレス・デ・プラサ・デ・マヨ》」（アルゼンチン軍事独裁国家による反左翼テロで消息を絶った人々の母親たちが一九七七年四月に政府を批判して大統領府前の広場に集まった）みたいな黒いサングラスの奥で、母ちゃんの目が輝いていた。許さない。あなたの母親である私が、絶対に。

放っといてくれよ、母ちゃん。放っといてくれ。

ラファが何かバカげたことをやらかしそうなのはわかってた。良かったのは、ラファがヤーン・バーンには戻ろうとしなかったってことだ。

悪かったのは、ラファが姿をくらまして何と結婚しちまったってことだ。

スペイン系の娘を覚えてるだろ、ヤーン・バーンでラファのために泣いてたあの子を？　実はドミニカ人だった。それも、おれや兄貴みたいなドミニカ人じゃなくて、ドミニカのドミニカ人だ。移住したての、書類も何もないってたぐいのドミニカ人だよ。体つきはすごくがっしりしてた。ラファの具合がまだ良くならないうちから、彼女はやって来るようになって、あれこれ熱心に気づかった。ラファとソファに坐ってテレムンド（アメリカのテレビのスペイン語放送網）を見てた（あたしテレビ持ってないの、って二十回は言ってた）。彼女もロンドンテラスに住んでた。二十二号棟の狭い一室に、幼い息子のエイドリアンと詰め込まれてた。その部屋の大家は年のいったグジャラート出身の男だった。だから（彼女に言わせれば）仲間《ヘンテ》の家にしょっちゅう来ても全然苦じゃない、というわけだった。彼女はお行儀よく振る舞おうとして、ぴったりと股を閉じ、母ちゃんを奥様《セニョラ》と呼んでたが、ラファは彼女にタコみたいに絡みついた。訪問五回目にはもう、ラファは彼女を地下の部屋に連れて行くようになってた。ハレルヤ仲間がいようがいまいが、だ。

　プラが彼女の名前だった。プラ・アダメスだ。

　プラのクソ女《ミエルダ》、と母ちゃん《マミ》は呼んでた。

　一応言っとくけど、おれはプラのことをそんなに悪いとは思ってなかった。兄貴が連れてきた尻軽女たちの大部分よりはずっとましだった。すさまじく美人《グアピシマ》で背が高くて、インド系《インディエシタ》で、足はすごく大きく、信じられないくらい情感のある顔をしてた。でも近所によくいるセクシー女たちとは違って、プラは見事な容姿をどうしていいかわからないようだった。自分の見目麗しさに心底、途方に暮れてたのだ。完全な田舎者《カンペシナ》だということは、身のこなしやしゃべり方から明らかだった。言葉があまりに口語的すぎて、プラが何を言ってるのか半分しかわからなかった――「めちゃくちゃ《デグアビナオ》」「股をおっぴろげた《エストリバオ》」みたいな言葉を彼女は普通に使った。放っておいたらプラはいくらでもしゃべり続けたし、ものすごく率直だった。一週間も経たないうちに、これまでの人生のすべてをおれたちに話したのだ。まだ幼いとき父親が死んだ。十三歳のころ、母親は秘密の金額と引き換えに、プラをケチな五十男に嫁がせた（そしてプラは最初の息子であるネストルを産んだ）。悲惨な状況で二年過ごしたあと機会を得て、ラス・マタス・デ・ファルファンからニューアークに逃げた。おばさん《ティア》が彼女を連れてきて、知的障害のある自分の息子と寝たきりの夫の世話をさせようとした。そのおばさんのところからも逃げた。だって彼女がニューヨーク《ヌエバ・ヨル》に来たのは誰の奴隷になるためでもなかったからだ。もう絶対に。たいていは必要という名の風に吹かれるままに、その後の四年間をさまよい続けた。ニューアーク、エリザベス、パターソン、ユニオンシティ、パースアンボイ（ここでどっかのイカれたキューバ人《クバノ》のせいで彼女は二人目の息子のエイドリアンを身ごもった)。プラの人のよさをみんなが利用した。そして今、彼女はロンドンテラスにいて、水面下に沈んでしまわないようにがんばりながら、次の幸運を探してるのだ。そんな話をしながら、彼女は兄貴に明るく微笑みかけた。

ドミニカ共和国じゃ本当はそんなふうに女の子を嫁がせるなんてことないよね、母ちゃん？

何言ってんの《ポル・ファボル》、母ちゃん《マミ》は言った。あのクソ女《プタ》の言うことなんて信じちゃだめ。でも一週間後、母ちゃんと馬ヅラたちはそういうことが田舎《カンポ》でどんなによく起こってるか嘆いてた。母ちゃん《マミ》自身、イカれた母親が自分を山羊二匹と交換するのをなんとかやめさせたことがある、と嘆いた。

さて、兄貴の「彼女たち《アミギタス》」については、母ちゃんは単純な方針を貫いていた。どうせ誰も長いこと続かないのだから、彼女たちの名前を知ろうとすらしなかった。ドミニカ共和国で飼ってた猫と同程度にしか気にかけなかったのだ。別に母ちゃん《マミ》が彼女たちに意地悪だったってことじゃない。もし女の子がこんにちは、と言えばこんにちはと返したし、もし女の子が礼儀正しければ、母ちゃん《マミ》も礼儀正しくした。でも母ちゃん《ビエハ》は自分のエネルギーを一ワット分も使わなかった。揺るぎなく、凄まじく無関心だったのだ。

ああ、でもプラについては話が別だった。母ちゃん《マミ》は最初っから明らかにこの子が好きじゃなかったのだ。それはプラが書類についてすごくあからさまに言い立てたから、だけではなかった。でもプラはとにかく、自分の滞在資格について絶え間なくこぼした——私の人生がどんなによくなるか、息子の人生はどんなによくなるか、ラス・マタスにいる哀れな母親やもう一人の息子にもようやく会えるはずよ、もし書類さえあればね。前にも母ちゃん《マミ》は書類のことばかり言うクソ女の相手をしたことがあったけど、今回ほどイラついたことはなかった。プラの表情、プラの間の取り方、プラの人格の何かが、母ちゃん《マミ》をここまで怒り狂わせたのだ。とにかくすごく気に障った。あるいはもしかしたら、母ちゃん《マミ》はこれから起こることを予感してたのかもしれない。

理由はなんであれ、母ちゃん《マミ》はプラにものすごく意地悪だった。プラのしゃべり方や服装や食べ方（プラは口を開けたまま食べた）や歩き方や田舎っぽさ《カンペシナネス》や肌の黒さ《プリエタネス》に文句をつけてないときは、母ちゃん《マミ》はプラが見えないふりをした。プラのいるところまで来ると、彼女を押しのけて歩き続け、どんな簡単な質問も無視した。もしプラについて言及しなきゃならないときはこんな感じだった。ラファ、プラは何が食べたいんだろうね？　いくらおれがキリストみたいな人間だからってさ、母ちゃん、そんなこと知らねえよ。でも状況をもっと悪化させたのは、そんな母ちゃんの敵意をプラがまったく気にしないことだった！　母ちゃん《マミ》が何をしても言っても、プラは母ちゃん《マミ》に馴れ馴れしく話しかけた。母ちゃん《マミ》の意地悪さを前にして、プラは萎縮するどころか、よりのびのびと振る舞った。ラファと二人のときにはプラはすごくおとなしかったが、母ちゃん《マミ》がいると、このドミニカ娘は何についても意見を言った。どんな話題にも入ってきて、くだらない意味不明なことを言った——アメリカ合衆国の首都はニューヨークだとか、世界には三つしか大陸がないとかだ——そしてそれを死ぬほど言い張る。母ちゃん《マミ》がそこらにいればプラは注意して自分を抑えただろう、とあんたは思うかもしれない。でもそんなことはなかった。プラは自由に振る舞ったのだ！　なんか食べるもの持ってきて《ダスカメ・アルゴ・パラ・コメル》、プラはおれに言う。お願い、も何もない。プラのほしいものをおれが持っていかなくても、彼女は勝手にソーダを飲んだりプリンを食べたりする。母ちゃん《マミ》がプラの手から食べ物を取り上げても、母ちゃん《マミ》が向こうをむくとすぐ、プラは冷蔵庫まで戻って何か食べてる。このアパート、壁を塗り替えたほうがいいわね、と母ちゃん《マミ》に言いさえした。なんか色があったほうがいいわよ。この部屋、《エスタ・サラ》なんか活気がない《エスタ・ムエルタ》から。

おれは笑うわけにはいかなかったけど、でもなんだか可笑しかった。

そして馬ヅラたちは？　こんな状況を少しでも和らげることだってできただろう、と思うだろ。でもやつらはこんな感じだった。うるさい、喧嘩に加勢するのが友達でしょ？　やつらは毎日、反プラの太鼓を打ち鳴らした。あの子、色が黒いわね。《エジャ・エス・ブリエタ》ブサイクね。《エジャ・エス・フエア》サントドミンゴに息《エジャ・デホ・ウン》子を置いてきたんでしょ。《イホ・エン・サント・ドミンゴ》もう一人ここにもいるわよね。《エジャ・ティエネ・オトロ・アキ》夫はいないのよ。《ノ・ティエネ・オンブレ》お金もないのよ。《ノ・ティエネ・ディネロ》書類もないのよ。《ノ・ティエネ・パペレス》ここに来て何を手に入れようとしてると思う？《ケ・トゥ・クレエス・ケ・エジャ・ブスカ・ポル・アキ》　馬ヅラたちが母ちゃん《マミ》を恐怖に陥れた筋書きはこれだ。兄貴のアメリカ市民の精液でプラが妊娠し、母ちゃん《マミ》はプラやプラの息子たち、サントドミンゴの一族まで永久に世話しなきゃならなくなる。そして今や、メッカの時間割どおりに神に祈りを捧げてる当の母ちゃん《マミ》は、もしそんなことになったら、あたしがプラの腹を裂いて赤ん坊を取り去ってやる、と馬ヅラたちに言い放った。

本当に注意しなさいよ《テン・ムチョ・クイダド》、母ちゃんは兄貴に言った。この家に猿《モノ》はいらないんだから。

もう遅すぎるよ、おれに目配せしながらラファは言った。

こんなに頻繁にプラを連れてこなかったら、あるいは母ちゃん《マミ》が工場に行ってるときだけにしてたら、兄貴ももう少し楽な日々を送れただろう。でも、いつラファが理に適った振る舞いをしたことがあっただろう？　このピリピリした状況の真ん中で、ラファはソファに坐り、なんだか楽しそうだった。

ラファは言うほどプラが好きだったんだろうか？　それはわからない。確かにラファは他の女の子に対してよりプラには紳士的《カバジェロ》に振る舞ってた。ドアを開けてやった。丁寧な言葉で話した。プラのやぶにらみの息子を可愛がりさえした。こんなラファを見るためなら、元彼女の多くは死んでもいい、と思っただろう。これこそ、まさに彼女たちが待ち望んでたラファそのものだった。

　ロミオだろうがなんだろうが、この関係は続くわけない、とおれはまだ考えてた。というのは、兄貴は同じ女の子と続いたことなんて一度もなかったのだ。野郎はいつもプラよりいい女たちを捨ててきたのだから。

　そして事態はそんなふうに進んでるように見えた。一ヶ月かそこらあと、プラは姿を消してしまった。母ちゃんはさすがに祝いまではしなかったけど、喜んでなくはなかった。でも二週後、ラファがいなくなった。マーキュリー・モナークに乗って消えたのだ。一日が過ぎ、二日が過ぎた。そのころには母ちゃん《マミ》は完全に正気を失ってた。馬ヅラ四人組に頼んで祈らせて、神様方面へ全国指名手配にした。おれも心配し始めた。おれが思い出したのは、最初に癌だと医者に言われたとき、兄貴が車に飛び乗って、何人か友達のいるマイアミまで行こうとしたことだ。フィラデルフィアを過ぎる前に車が壊れちまったけど。おれはあまりに心配して、タミー・フランコの家まで歩いて行きさえした。でも、ポーランド人の夫が玄関に出てくると怖じ気づいてしまった。おれはくるりと背を向け、歩き去った。

　三日目の晩、おれたちがアパートでじっと待ってたら、マーキュリー・モナークが停まった。母ちゃんは窓まで走った。拳が白くなるまでカーテンを握り締めてた。帰ってきた、ついに母ちゃんは言った。

　ラファはプラを従え、どしどしと歩いてきた。明らかに酔ってた。プラはまるで今までクラブにいたような服装だった。

おかえり、母《マ》ちゃん《ミ》は静かに言った。

見ろよ、ラファは言い、自分とプラの手を差し出した。

指輪がはまってた。

おれたち結婚したんだ！

完全に公式のやつよ、プラは大喜びで言い、バッグから婚姻証明書を取り出した。

母ちゃんはイラついてるようなホッとしたような顔から、完全な無表情に変わった。

この子妊娠してるの？

まだよ、プラは言った。

この子妊娠してるの？　母ちゃんは兄貴を真っ直ぐ見ながら言った。

いや、ラファは言った。

みんなで飲もうぜ、兄貴は言った。

母ちゃんは言った。誰も私の家では飲ませません。

おれは飲むんだよ、兄貴は台所に向かおうとしたが、母ちゃんは腕をグッと突き出して止めた。

母ちゃん、ラファは言った。

誰も私の家では飲ませません。母ちゃんはラファを押し返した。もしあんたが残りの人生をこんなふうに――母ちゃんはプラのほうに腕を伸ばした――過ごしたいならね、ラファエル・ウルバノ、もうあんたには何も言うことはないよ。お願いだから、クソ女《ブタ》と二人で私の家から出て行って。

兄貴の目から感情が失せた。おれはどこにも行かねえよ。

二人とも出て行って。

一瞬、おれは兄貴が母ちゃんに手を上げるかと思った。本当にそうすると思った。でも兄貴の体から力が抜けた。兄貴はプラを抱き寄せた（この時ばかりは、プラも何かマズいことになってるとわかったみたいな顔をしてた）。また来るぜ、母ちゃん、兄貴は言った。そしてマーキュリー・モナークに戻ると発進した。

ドアに鍵かけときな、自分の部屋に戻る前に母ちゃんが言ったのはそれだけだった。

この状態があんなに続くとは、おれは予想してなかった。母ちゃんは兄貴には甘かったから。いつもだ。兄貴がどんなにひどいことをやらかしても——そして兄貴はたくさん、とてもたくさんひどいことをやらかした——母ちゃんはいつも百パーセント兄貴の肩を持った。ラテン系の母親だけが、愛する長男《ケリド・オールデスト・イホ》にそうできるように。もしある日、兄貴が家に帰ってきて、ねえ母ちゃん、人類の半分を皆殺しにしちまった、なんて言っても、母ちゃんは野郎をこう言ってかばうに違いない。そうね、あんた《イホ》、もともと地球は人口過剰だったからね。もちろん文化的理由もあったし、兄貴が癌だって理由もあったろうが、もう一つの理由も考えなきゃいけない。母ちゃん《マミ》は最初の二人を流産してて、やっとラファを妊娠したのは、もう子供は持てないと何年も言われ続けたあとのことだった。出産のとき兄貴はほとんど死にかけて、二年のあいだ母ちゃん《マミ》は（おばさん《ティア》が教えてくれたんだけど）誰かが兄貴をさらうんじゃないか、っていう病的な妄想を抱いてたらしい。さらにこんな理由もある。兄貴は生涯を通じて、ものすごい美男子で、母ちゃんは完璧に甘やかし続け《コンセンティド》た。ここまで言えば、あのイカれた野郎に対して母ちゃんがどう思ってたのかもわかるだろう。母親はいつも、子供のためなら死んでもいい、なんて言うものだけど、うちの母ちゃんはそんなこと一度も言わなかった。言う必要がなかったのだ。兄貴についてなら、2パック（アメリカ合衆国のラッパー・俳優（一九七一―一九九六）。名前は最後のインカ皇帝から。ラスベガスで銃撃され死亡した）の入れ墨みたいにくっきり、一一二ポイントのゴシック体で母ちゃんの顔中に書いてあった。

だからおれは予想してた。何日か激怒したら母ちゃんは折れて、兄貴を抱き締めたりキスしたりして（ひょっとしたらプラの頭を一発蹴り上げて）、それでまた、愛してる、みたいになるだろう、と。でも驚いたことに、母ちゃんは本気だった。次にラファが来たときも同じように言ったのだ。

この家には入れません。母ちゃん《マミ》はきっぱりと首を振った。どこかで自分の奥さんと暮らしなさい。

さぞおれが驚いただろう、とあんたは思うだろ？　兄貴を見とくべきだったな。びっくり仰天してたよ。うるせえクソババア、兄貴は母ちゃん《マミ》に言った。親にそんなこと言うな、とおれが口を出すと兄貴は言った。おまえもクソだ。

ラファ、いいかげんにしてくれよ、おれは言い、表まで兄貴について行った。何やってんだよ――あの女のことなんて全然知りもしないくせに。

兄貴は聞いてなかった。おれが近づくと、兄貴はおれの胸を殴った。

インドっぽい臭いが好きになれるといいな、兄貴の後ろからおれは叫んだ。赤ん坊の糞の臭いも。

母ちゃん、おれは言った。いったい何考えてんだよ？

あの子に何考えてるのか聞きな。

二日後、母《マ》ちゃん《ミ》は仕事に行き、おれはオールドブリッジでローラと過ごし、結局、彼女が義理の父親をどれだけ憎んでるかって話を聞くことになったのだが、そのあいだに、ラファは家に入って自分のものを持ち出した。やつは自分のベッドと家のテレビ、それから母《マ》ちゃん《ミ》のベッドまで持って行った。ラファを見た近所の人の話では、インド人の男も手伝いに来てたらしい。おれはものすごく頭にきて警察を呼ぼうとしたが、母ちゃんに止められた。ラファがそんなふうに生きたいなら、私は止めないよ。

そりゃいいや、母ちゃん、でもおれはどうやってテレビ見ればいいんだよ？

母ちゃんは険しい顔で言った。もう一つテレビあるでしょ。

確かに、十インチの白黒で、音量が二から永久に上げも下げもできないやつならあった。

母《マ》ちゃん《ミ》に頼まれて、ロージー《ドニャ・ロージー》さんの部屋から予備のマットレスを持って下りた。こんなことになるなんて本当にひどい、ロージー《ドニャ・ロージー》さんは言った。大したことないわよ、母《マ》ちゃん《ミ》は言った。私が小さいときどんなものに寝てたか見たらね。

次に通りで兄貴を見かけたとき、やつはプラとガキと一緒で、体型に合わなくなった服を着てて、ひどいありさまだった。おれは叫んだ。このクソ野郎、お前のせいで母《マ》ちゃん《ミ》は床に寝てるんだぞ！

おれに話しかけるなよ、ユニオール、やつは警告した。おまえの喉を切り裂くぞ。

いつでもこいよ、兄貴、おれは言った。いつでも。今や兄貴は五十キロで、おれはベンチプレスを続けて八十一キロまでになってて、おれの方が大口《アグアヘロ》を叩いてもいいはずだったが、やつはそれでも指で首を搔き切る仕草をした。

この人にかまわないで、プラは必死に言いながら、おれに向かって来ようとするラファを止めた。あたしたちにかまわないで。

あ、やあ、プラ。まだ強制送還されてないのか？

ここで兄貴は体当たりしてきた。五十キロだろうがなんだろうが、おれは相手にしないことにして、さっと立ち去った。

まったく予想外にも、母ちゃん《マミ》は折れなかった。仕事に行った。仲間と祈った。他の時間は自分の部屋にいた。あの子が自分で選んだんだから。でも母ちゃんはラファのために祈ることをやめなかった。息子をお守りください、息子の病気を治してください、息子に分別をお与えください、と母ちゃんが仲間と祈るのをおれは聞いた。時々おれは母ちゃんに言われてラファの家に行き、薬を持ってきたふりをして様子をうかがった。おれは怖かった。玄関前の階段で兄貴に殺されるんじゃないかと思ったのだ。でも、母ちゃんは行けと言い張った。あんたなら大丈夫だから。

おれはまず、グジャラート出身の男に頼んで建物に入れてもらわなきゃならなかった。次にドアをノックして、アパートの部屋に入れてもらわなきゃならなかった。プラは部屋をこぎれいにしてたし、おれが訪問するたびにめかしこみ、息子にも、来たばかりの移民にしてはいい格好をさせてた。プラは最大限がんばってたのだ。おれをガバッと抱き締めた。元気だった、ユニオール《エルマニト》？　一方ラファは、なんとも思ってないようだった。やつは下着姿でベッドに寝たまま、おれにはなんにも言わなかった。その間おれはプラとベッドの端に坐って、きちんと一つ一つ薬の説明をした。そしてプラはうんうんとうなずいてたが、理解してるようには全く見えなかった。

そしておれは静かに訊ねた。兄貴、ちゃんと食べてる？　調子は悪い？

プラは兄貴のほうを見た。すごく元気《ムイ・フエルテ》よ。

吐いてない？　熱はない？

プラは首を振った。

じゃ、いいや。おれは立ち上がった。じゃあな、ラファ。

じゃあな、クソバカ野郎。

この任務を終えて帰るたびに、ロージーさん《ドニャ・ロージー》はいつも母ちゃん《マミ》と一緒にいて、打ちひしがれた母ちゃんを元気づけようとしてた。ラファの様子はどうだった？　ロージーさん《ラ・ドニャ》は訊ねた。何か言ってた？

おれのことクソバカ野郎って呼んでたよ。だから大丈夫じゃないの。

一度、母ちゃん《マミ》とおれがパスマークに向かう途中で、兄貴とプラとガキの姿が遠くに見えたことがあった。やつらが手を振ってくるかと思っておれは振り向いたけど、母ちゃんはそのまま歩き続けた。

九月になり、また学校が始まった。そしておれが追いかけ、ただでマリファナをあげてた白人の女の子のローラは、また普段の友達のなかに消えてった。おれに廊下で会えばもちろん、こんにちは、と言ってくれたが、おれに割ける時間は突然なくなってしまった。本当に笑えるな、とおれの友達はみんな思った。どうやらお前、本命じゃないらしいぜ。らしいな、おれは言った。

公式には、おれは最上級生だったけど、なんだかそれも怪しかった。おれは特進クラスから大学準備クラスに格下げになった——これはつまり、シーダー・リッジ高校における、大学進学しないクラス、ってやつだ——で、おれは本ばっかり読んでたし、ハイになりすぎて読めないときは窓からじっと外を見ていた。

そんなクソみたいな二週間が過ぎたころ、おれはまた授業をサボり始めた。そもそも特進クラスから外されたのも、授業をサボったせいだった。母ちゃん《マミ》は朝早く仕事に行き、夜遅く帰って来たし、英語は一文字も読めなかったから、バレる恐れなんてまるでなかった。だから、兄貴が玄関のドアの鍵を開けてアパートに入ってきたときも家にいたのだ。おれがソファに坐ってるのを見て、兄貴は飛び上がった。

おまえいったい何してんだよ？

おれは笑った。兄貴こそ何してんだよ？

兄貴はひどいありさまだった。黒い口唇ヘルペスが口の端にできてて、両目は落ちくぼんでた。兄貴ほんとに大丈夫なのか？すごくヤバそうだけど。

やつはおれを無視して母ちゃん《マミ》の部屋に入っていった。おれは坐ったまま、兄貴がしばらく何か探し回る音を聞いてた。それから兄貴は部屋から出てきた。

こんなことがあと二回あった。三回目に兄貴が母ちゃん《マミ》の部屋をガタガタ探し回ってるとき、はじめておれのラリった《チーチ・アンド・チョン》頭に、やつが何をやらかしてるのか閃いた。ラファは母ちゃんが自分の部屋に隠してる金をくすねてたのだ！　金は小さな金属の箱に入ってて、母ちゃんはいつも隠し場所を変えてたけど、急に金が必要になったときのために、おれはいつも在りかをチェックしてた。

おれが母ちゃんの部屋に入っていくと、ラファはクローゼットの中をめちゃくちゃに探し回ってた。おれは引き出しからサッと箱を取り出すと、ぴったり脇の下に挟んだ。

兄貴はクローゼットから出てきた。やつはおれを見た。おれはやつを見た。よこせよ、兄貴は言った。

絶対に渡さねえよ。

兄貴はおれに摑みかかった。おれたちの人生でもこの時じゃなければ、まるで勝負にならなかっただろう――兄貴はおれを四つ裂きにしただろう――でもルールが変わってた。人生ではじめて兄貴を力で打ち負かすことの喜びと恐れと、どっちのほうが大きいのかおれにはわからなかった。

二人で暴れてあれこれひっくり返したが、おれは兄貴に箱を渡さなかった。ついに兄貴は諦めた。おれはもう一戦やる気で満々だったが、兄貴は震えてた。

わかったよ、兄貴はハアハア息をしてた。金はおまえのもんだ。でも心配すんな。すぐに仕返しするからな、大クソ野郎さんよ。

怖くてたまんないね、おれは言った。

その晩おれは、母ちゃん《マミ》に全てを話した（もちろん、全部おれが学校から戻ったあとに起こったと強調しといた）。

母ちゃんは朝から水に浸けてた豆の鍋を置いたレンジに火をつけた。お願いだからラファと喧嘩しないで。欲しがるものは何でも持って行かせてちょうだい。

でも、おれたちの金を盗もうとしてたんだぜ！

持ってけばいいのよ。

ダメだよ、おれは言った。鍵を替えよう。

そんなことしないで。ここはラファのアパートでもあるんだから。

いったい何言ってんだよ、母ちゃん？　おれはブチ切れそうになったが、そのとき気づいた。

母ちゃん？

何、ユニ《ィ》オール《ホ》。

兄貴、いつからこんなことしてたんだ？

してたって何を？

金を盗むことだよ。

母ちゃんは向こうをむいてしまったので、おれは小さな金属の箱を床に置き、タバコを吸いに外に出た。


十月の初めにプラから電話があった。ラファの調子が悪いの。母ちゃんがうなずいたので、おれは見に行った。調子が悪い、なんてもんじゃ全然なかった。兄貴は完全な譫妄《せんもう》状態に陥ってた。燃えるほど熱が高かった。兄貴に手を触れると、やつはおれのほうを見たが、おれが誰だか全くわかってなかった。プラはベッドの端に坐り、息子を抱きかかえ、困り果てたふりをしてた。車の鍵をよこせよ、おれは言ったが、プラは弱々しく笑った。失くしたの。

もちろん嘘だった。もしおれにマーキュリー・モナークの鍵を渡したら、もう二度と車を拝むことはないだろう、とプラはわかってたのだ。

兄貴は歩けなかった。ほとんど唇も動かせなかった。おれは兄貴を背負っていこうとしたが、十ブロックだって無理だった。そしてこの界隈の歴史上始めて、辺りに誰も見当たらなかった。そのころには、もうラファは全く意識がなくなってて、おれは本気で恐くなり始めた。本当に、だ。おれは正気を失い始めた。こう思った。兄貴がここで死んじまう。そのときショッピングカートを見つけた。兄貴をそこまで引きずっていって乗せた。おれたちならやれる、おれは兄貴に言った。おれたちは強い。プラはおれたちを玄関の階段から見てた。あたし、エイドリアンの世話をしなきゃならないから、プラは言い訳をした。

母ちゃん《マミ》が続けてきた祈りは効果があった、ってことなんだろう。その日、奇跡が起こったから。当ててみなよ。アパートの前に車を停めてたのが誰か、ショッピングカートにおれが何を乗せてるかを見て走ってきたのが誰か、ラファとおれと母ちゃん《マミ》と馬ヅラたち全員をベス・イスラエル病院に連れてったのが誰か？

そうだ、タミー・フランコだ。別名イカした《フライ・》オッパイ《テタス》だよ。

兄貴はずっと長いこと入院してた。その間もその後もいろんなことが起こった。でももう女の子との付き合いはなくなった。兄貴の人生のそうした部分は終わってしまった。ときどきタミーが病院の兄貴を見舞いに来たが、それは二人の昔ながらの日課に似てた。彼女はそこに坐ったまま何も言わない。兄貴も何も言わない。そしてしばらくして彼女は帰ってしまう。一体何やってんだよ？　おれは兄貴に聞いたが、兄貴は絶対に説明してくれなかった。一言も。

　プラはと言えば――兄貴が入院してるあいだ、ただの一度も病院に見舞いには来なかったが――アパートのほうにはもう一度だけひょっこりやって来た。ラファはまだベス・イスラエル病院にいたころで、おれにはプラを部屋に入れる義務なんてなかったけど、でも入れないのもバカみたいに思えた。プラはソファに坐り、母ちゃんの両手を取ろうとした。でも母ちゃん《マミ》はそうはさせなかった。プラはエイドリアンを連れてた。そしてこのチビの怠け者《マンガンソン》は直ぐさま走りだし、あちこちの物にぶつかった。おれはこいつの尻を力いっぱい蹴り上げたい、という欲求をなんとか抑えなきゃならなかった。プラはあくまで、何てかわいそうな私、という顔をしたまま、ラファが彼女から金を借りてること、その金が必要なこと、その金がなければアパートから追い出されることを説明した。

　ったく、いいかげんにしろ《ポル・ファポル》よ、おれは吐き捨てた。

　母ちゃんは注意深くプラを見てた。いくら借りてるの？

　二千ドルです。

　二千ドル。そんな、一九八〇年代に――。このクソ女は嘘をついてた。

　母ちゃんは何か深く考えているようにうなずいた。ラファはその金を何に使ったと思う？

　知りません、プラはささやいた。あたしには何も説明してくれませんでしたから。

　そしてプラはニコッと笑った。

　この娘は本当に天才だった。母ちゃん《マミ》もおれもすさまじい顔をしてたのに、プラは全然何の問題もない、というようにこの上なく自信満々で坐ってた――もはやすべてが終わった以上、プラはわざわざ何も隠そうとはしなかった。もしおれに気力があれば拍手喝采でもしたところだったが、あまりに落ち込んでた。

母ちゃん《マミ》はしばらく何も言わなかった。それから寝室に入っていった。おれは母ちゃんが親父の安物のピストルを持って出てくると思った。親父が出てったときに、母ちゃんが取っといた唯一のものだ。家族を守るためよ、って母ちゃんは言ってたけど、それよりむしろ、もう一度親父を見かけたら撃ち殺すためにだったろう。おれはプラのガキを見た。嬉しそうに『テレビガイド』を振り回してた。この子が孤児になったらどうなるんだろう、とおれは思った。で、出てきた母ちゃん《マミ》は手に百ドル札を持ってた。

母ちゃん、おれは弱々しく言った。

母ちゃんはその札をプラに渡したが、自分が持っているほうの端は放さなかった。一瞬二人は見つめ合った。そして母ちゃん《マミ》は札を放した。二人の引っ張る力がすごく強かったので、札がパン、と鳴った。

あなたに神の祝福がありますように《ケ・ディオス・テ・ベンディガ》、プラは言い、胸の前で上着を合わせると立ち上がった。

その後、プラも息子も家の車もテレビもベッドも、ラファがプラのために盗んだ何ドルかわからない額の金も、誰も二度と見なかった。クリスマス前にプラはロンドンテラスからズラかり、未知の領域へ消えた。たまたまパスマークで会ったとき、グジャラート出身の男が教えてくれた。プラが家賃のほぼ二ヶ月分を踏み倒したことで彼はまだ怒ってた。

おまえらラテン系にはもう家は貸さないぞ。

そうしてください《アーメン》、おれは言った。

で、ついに退院したあと、ラファは少なくともちょっとぐらいは反省した、と思ったろ？　そんなことあるわけない。ラファはプラのことは何も言わなかった。何についても大して言わなかった。自分は良くならないだろう、とラファは本当の意味でわかってたんだとおれは思う。兄貴はたくさんテレビを見て、ときどきゴミ埋め立て地までゆっくり散歩した。十字架を身につけ始めたが、母ちゃんが言うようにイエス様に祈ったり感謝したりはしなかった。馬ヅラたちはほとんど毎日うちのアパートに戻ってきた。そして兄貴は彼女たちを見ると、面白半分にイエスなんてクソだ、って言ったけど、ただ馬ヅラたちの祈りがより熱心になっただけだった。

おれは兄貴とは関わらないようにしてた。ようやく女の子と付き合うようになった。その子はローラの半分も可愛くなかったけど、少なくともおれのことを好きにはなってくれた。おれにマジックマッシュルームを教えてくれたのは彼女で、おれは学校にいるはずの時間をその子とラリって過ごした。おれはそれくらい将来について何も考えてなかった。

時々、野球の試合をやってるテレビの前でラファと二人きりになると、おれは兄貴に話しかけようとした。でも兄貴は決して何も言わなかった。髪の毛が全部抜けてしまってて、兄貴は家でもヤンキースの帽子をかぶってた。

そしてラファが退院して一ヶ月ぐらいあと、おれが店で牛乳を四リットル買って家に戻りながら、陽気に新しい彼女のことを考えてると、突然おれの顔が爆発した。脳内にある全ての回路のスイッチが切れた。自分がどれだけ倒れてたのかわからなかったけど、悪夢を一つ半見たあと、自分が四つんばいになってて、顔は燃えるように熱く、手には牛乳じゃなくて大きなイエール印の南京錠を持ってることに気づいた。

　なんとか家に戻り、頬骨の下にできたコブに母ちゃんが湿布を貼ってくれたときになってやっと気づいた。誰かがおれに南京錠を投げつけたのだ。まだうちの高校で野球をしてたころ、時速百五十キロの速球を投げてた誰かが。

　こりゃひどいな、ラファは舌打ちした。危うく目玉が飛び出すところだったぞ。

　あとで母ちゃん《マミ》が寝てから、ラファは静かにおれを見た。ちゃんと仕返しするって言っただろ？　なあ？

　そして笑った。

インビエルノ

Invierno

近所でいちばん広いウェストミンスター通りの高くなった場所からは、東の地平線の上にほんの少しだけ海が見える。親父はその光景を前にも見たことがあった——大家が誰にでも見せていたのだ——でも親父がおれたちをジョン・F・ケネディ空港から車で送ってくれたときには、車を停めて見せてくれはしなかった。海を見ていたら、おれたちの気分はもっとましだったかもしれない。それ以外に目にするのが何だったかを考えると。ロンドンテラスはめちゃくちゃだった。半分の建物には電気が来ていなかった。夕暮れの光の中、建物はばらばらに散らばっていて、まるで煉瓦でできた船が座礁したみたいだった。砂利道はいたるところでぬかるんでいたし、秋遅くに植えられた芝生は、枯れた草むらとなって雪から突き出ていた。

どの建物にもちゃんと洗濯室があるんだぞ、父ちゃん《パピ》は説明した。母ちゃん《マミ》はパーカーのフードからぼんやり外を眺めたままうなずいた。すごい、母ちゃんは言った。おれは雪が降り積もるのを見ておびえていた。そして兄貴は拳をポキポキ鳴らしていた。アメリカで過ごす最初の日だった。世界は固く凍っていた。

アパートは巨大に見えた。ラファとおれのための部屋があったし、台所には冷蔵庫とガスコンロもあって、サムナーウェルズ通りで住んでた家くらい大きかった。父《パ》ちゃん《ピ》が部屋の温度を二十五度あたりに設定するまで、おれたちはぶるぶる震えていた。水滴がまるで蜂みたいに窓にびっしりついていて、外を見るのにガラスを拭かなきゃならなかった。ラファとおれは新しくて格好いい服を着てたし、外に出たかったが、父《パ》ちゃん《ピ》はブーツとパーカーを脱げと言った。父ちゃんはおれたちをテレビの前に坐らせた。父ちゃんの腕は細くて、半袖の袖口まで驚くほど毛むくじゃらだった。父ちゃんはおれたちにトイレの流し方、シンクの水の出し方、シャワーの出し方を見せたところだった。

ここは貧民街じゃないんだ、と父《パ》ちゃん《ピ》は話し出した。何でもていねいに使うこと。床や道にゴミを捨てるんじゃないぞ。藪の中で小便をするんじゃない。

ラファはおれを肘でつついた。サントドミンゴではおれはどこでもかまわず小便をしてて、おれが道端でしているのを父《パ》ちゃん《ピ》が初めて見たのは、父ちゃんが意気揚々と帰国した夜のことだったが、こう叫んだ。一体全体《カラホ》何やってんだ？

このへんにはちゃんとした人が住んでるんだし、おれたちもこれからちゃんと暮らすんだ。お前たちはもうアメリカ人なんだぞ。父ちゃんは膝のところでシーバスリーガルの瓶を持っていた。はい、言われたことは全部わかりました、と示すために数秒待ってから、おれは訊ねた。おれたち外に行っていい？

荷物を開けるのを手伝ってくれない？　母《マ》ちゃん《ミ》が言った。母ちゃんの両手はぴくりとも動かなかった。いつもは紙切れや袖や自分の指先をいじり続けてたのだが。

ちょっとの間だけだよ、おれは言った。立ち上がりブーツを履いた。もし父ちゃんのことを少しでもわかっていたら、おれは父ちゃんに背中を向けたりしなかっただろう。でもぜんぜんわかってなかった。父ちゃんはこの五年間アメリカで働いていて、おれたちはこの五年間サントドミンゴで待ってたのだ。父ちゃんはおれの耳を摑むと、むりやりソファに引き戻した。父ちゃんは嬉しそうには見えなかった。

おれがいいって言ったらお前らは外に出られるんだ。

おれはラファのほうを見た。ラファはテレビの前に大人しく坐ってた。島にいたときは、おれたちは二人でバス《グァグァ》に乗って首都を動き回ってた。おれは父ちゃん《パピ》を見上げた。細い顔はまだ見慣れなかった。じろじろ見るな、父ちゃんは言った。

母ちゃん《マミ》が立ち上がった。あんたたちはあたしを手伝いなさい。

おれは動かなかった。テレビではニュースキャスターたちが、小さくて平板な雑音を互いに発していた。彼らは一つの単語を何度も何度も繰り返した。あとで学校に行きだしてから、その単語がベトナムだとおれは学んだ。

おれたちは家から出してもらえなかったから——寒すぎるからな、父ちゃん《パピ》は一度そう言ったけど、本当は父ちゃんがそうしたくないという以外の理由はなかった——最初の数日は、だいたいはテレビの前に坐ってるか、窓から雪を見てるかだった。母ちゃん《マミ》はすべてを十回くらい掃除して、おれたちにすごく手の込んだ昼食を作ってくれた。おれたちはみんな、退屈して黙り込んでた。

母ちゃん《マミ》はすぐに、テレビを見るのは役に立つと判断した。それで言葉を学べるというわけだ。おれたちの若い精神は、光を求める色鮮やかでトゲトゲしたヒマワリの花のようなものだと母ちゃんは考え、おれたちをなるべくテレビの近くに坐らせて、最大限の効果をねらった。おれたちはニュース、ホームコメディ、アニメ、『ターザン』、『フラッシュ・ゴードン』、『科学少年J・Q』、『怪獣王ターガン』、『セサミストリート』を見た——一日で八、九時間は見ていたが、いちばん勉強になったのは『セサミストリート』だった。おれと兄貴は新しい言葉を学ぶと、互いに繰り返し繰り返し言い合った。そしてどう発音するのかやってみて、と母ちゃん《マミ》に言われると、おれたちは首を振り言うのだった。やめといたほうがいいよ。

教えてよ、母ちゃんは言い、おれたちは発音してみせた。ゆっくりと、巨大でのろくさい音のシャボン玉を作ったのだ。でも母ちゃんはその通りには一度も発音できなかった。母ちゃんの唇はどんなに単純な母音の発音でも引っ張りすぎてばらばらにしてしまった。ひどいね、おれは言った。

あんたに英語の何がわかるのよ、母ちゃんは言った。

夕食のとき母ちゃんは父ちゃん《バピ》の前で英語を試してみたけど、父ちゃんはただ豚腿肉のロースト《ペルニル》を突ついてるだけだった。それは母ちゃんがいちばん得意な料理じゃなかった。

何言ってるか一言もわからないよ、ついに父ちゃんは言った。英語はおれがしゃべるから心配するな。

私もしゃべれたほうがいいでしょう?

お前は勉強なんてしなくていい、父ちゃんは言った。それに、普通の女は英語をしゃべれるようになんてならない。

身に付けるのが難しい言葉なんだ、父ちゃんは言った。最初はスペイン語で、次に英語で。

母《マ》ちゃ《ミ》んは何も言わなかった。朝、父《バ》ちゃ《ピ》んがアパートから出るとすぐ、母《マ》ちゃ《ミ》んはテレビのスイッチを入れ、おれたちをその前に坐らせた。アパートはいつも寒くて、ベッドから出るのは本当に辛かった。

こんなに朝早くに、おれたちは言った。

学校みたいなもんよ、母ちゃんは言った。

そんなことないよ、おれたちは言った。学校には昼頃に行く習慣だったのだ。

文句ばっかり言わないで。母ちゃんはいつもおれたちの後ろに立ち、おれが振り返ると、おれたちが学んでいる言葉を母ちゃんも発音しながら、どうにかわかろうとしていた。


父《バ》ちゃ《ピ》んが早朝に立てる音すら、おれには耳慣れないものだった。おれはベッドの中にいて、バスルームで父ちゃんがうろうろしてるのを聞いてた。まるで酔っぱらってるかなんかみたいだ。レイノルズ・アルミニウムで父ちゃんがどんな仕事をしてるのかおれは知らなかったが、父ちゃんのクローゼットにはたくさんの制服が入ってて、どれも機械油で汚れてた。

おれは違う父ちゃんを予想してた。身長は二メートルくらいで、おれたちの町《バリオ》を丸ごと買えるくらいの金がある父ちゃんだ。でもこの父ちゃんは普通の背の高さで、普通の顔つきだった。父ちゃんはサントドミンゴの家にぼろぼろのタクシーで来て、持ってきたおみやげは小さなものばかりだった——玩具の銃とコマだ——おれたちはもうそんなもので遊ぶ歳ではなかったし、どちらもすぐに壊してしまった。父ちゃんはおれたちを抱きしめ、マレコンに夕食に連れてってくれたけど――おれたちが食った初めてのステーキだった――父ちゃんのことはなんだかよくわからなかった。父親ってのはよくわからないもんだ。

アメリカに来て最初の何週間か、父ちゃん《パピ》は家にいるあいだはたいてい、下の階にいて本を読んだりテレビを見たりしてすごした。父ちゃんは小言以外おれたちにはほとんど何も言わなかったが、別におれたちは驚かなかった。ほかの家の父親がどうしてるか見たことがあったから、そのあたりについては心得ていた。

兄貴は大声を出さないように、そしてものをひっくり返して回らないように気をつけてた。でも兄貴がおれにいちばんうるさく言ったのは靴紐についてだった。父ちゃん《パピ》は靴紐にこだわりがあった。おれがちゃんと靴紐を結べなくて、かなり凄まじい結び目を作ると、父ちゃん《パピ》は屈んで一引きで解いてしまう。お前、少なくとも将来手品師にはなれそうだな、ラファは言ったけど、これは深刻な状況だった。ラファはおれに結んでみる。おれは言う、わかった。でラファの前では問題なく結べるんだけど、父ちゃん《パピ》がおれの首に息を吹きかけ、ベルトを握りしめているときには、おれは上手くできなかった。まるで靴紐が電流の通った電線で、それを結べと言われているみたいに、おれは父ちゃんを見た。

父ちゃん《パピ》は言った。ラガーディアじゃ何人かバカなやつに会ったが、みんな靴紐ぐらい結べたぞ。父ちゃんは向こうにいる母ちゃん《マミ》を見た。どうしてこいつはできないんだ?

こういう質問には答えはなかった。母ちゃんはうつむき、手の甲を走る血管を見つめてた。一瞬父ちゃん《パピ》の潤んだ亀みたいな目とおれの目が合った。おれを見るな、父ちゃんは言った。

そこそこまともなダメ結び目、とラファが言うやつをおれがどうにか作れるようになると、父《パ》ちゃ《ビ》んは今度は、おれの髪の毛にさんざん文句をつけた。ラファの髪は真っ直ぐで櫛のあいだを滑り、まさしくカリブ海に住む祖父母の夢どおりだったが、おれの髪はまだまだアフリカ風で、永久に櫛で解き続けても、この世のものとは思えない髪型になる。母ちゃんは毎月おれたちの髪の毛を切ってくれていたが、今回は母ちゃんがおれを椅子に坐らせると、父ちゃんが無駄なことはやめろと言った。

どうにかする方法は一つしかない、父ちゃんは言った。ほら、服を着てこい。

ラファは寝室までついてきて、シャツのボタンをかけるおれを見てた。ラファは一言も言わなかった。おれは不安になりだした。どうかしたのかよ？　おれは言った。

別に。

じゃあ見るなよ。おれが靴を履く段になると、ラファは紐を結んでくれた。部屋のドアのところで父ちゃんは結び目を見下ろすと、上手くなったな、と言った。

おれはバンがどこに停めてあるか知っていたが、近所をちらっとでも見ようと反対方向に行った。父《パ》ちゃ《ビ》んがおれの逃亡に気づく前に、おれは角のところを曲がっていて、父ちゃんがおれの名前を怒鳴ると、おれは急いで戻った。でもおれはもう、広場や雪の上で遊んでいる子供たちを見てしまっていた。

おれは助手席に坐った。父ちゃんはジョニー・ヴェンチュラのテープをデッキに放りこみ、九号線に滑らかに出た。道路脇には雪が汚い山となって積もっていた。溶け残りの雪くらい嫌なものはない、父ちゃんは言った。降ってるときはいいが、地面に積もったとたん、クソみたいなもんだ。

雨の時みたいに事故が起きたりするの？

おれは事故なんて起こさない。

ラリタン河の岸辺に生えたガマはぴんと伸びていて、砂の色だった。そして河を渡ると父ちゃん《パピ》は言った。おれが働いてるのは隣町だ。

おれたちがパースアンボイまで来たのは、腕の確かな人物に髪を切ってもらうためだった。ルビオという名前のプエルトリコ人の床屋で、ひどい髪《ペロ・マロ》の扱いをよくわかっていたのだ。彼は二、三のクリームをおれの頭に塗った。おれは頭を泡だらけにしたまましばらく坐っていた。ルビオの奥さんがおれの頭をすすぐと、ルビオは鏡に映ったおれの頭をじっと見て、髪を引っ張り、油を擦り込んで、最後にため息をついた。

全部剃っちゃったほうがいいな、父ちゃん《パピ》は言った。

他の方法もありますが。

父ちゃん《パピ》は時計を見た。剃って。

わかりました、ルビオは言った。バリカンがおれの髪をすいていき、頭皮が現れるのをおれは眺めていた。頭皮は柔らかくて無防備だった。順番待ちをしていた老人の一人が鼻で笑ってしまい、読んでいた新聞を持ち上げて顔を隠した。おれは胸がむかむかした。丸刈りにしてもらいたくなどなかったが、父ちゃんに何を言えただろう？　何も言葉が浮かばなかった。ルビオは剃り終えると、タルカムパウダーをおれの首に擦り込んでくれた。男前《グアポ》になったね、ルビオは言ったが、確信はなさそうだった。一枚ガムをくれたが、それは家に着くとすぐ兄貴に取られてしまった。

　どうだ？　父ちゃん《パピ》は訊ねた。

　切りすぎだよ、おれは正直に言った。

　このほうがいいぞ、父ちゃんは言い、床屋に金を払った。

　外に出るとすぐ、濡れた泥の板みたいな冷気がおれの頭をぎゅっと締めつけた。

　おれたちは黙ったまま車で帰った。ラリタン河の港に石油タンカーが入っていくのが見えて、あれに忍び込んで姿を消すのは簡単だろうか、とおれは思った。

　黒人《ネグラス》の女は好きか？　父ちゃんが訊ねた。

　おれは振り返り、追い抜いたばかりの女性たちを見た。前に向き直ると、父ちゃんが答えを待っていることに、答えを知りたがっていることに気づいた。それでおれは、どんな種類の女の子も好きじゃない、と思わず言ってしまいたくなった。代わりに、好きだよ、と言うと父ちゃんは微笑んだ。

　あいつらはきれいだからな、父ちゃんは言い、煙草に火を点けた。他のどんな女たちより面倒見がいいし。

　おれを見てラファは笑った。お前、でっかい親指みたいだな。

　ああ神様《ディオス・ミオ》、母ちゃんは言い、おれを一回転させた。どうしてこの子にこんなことしたの？

　いい髪型だろ、父ちゃん《パピ》は言った。

　それにこの子、冷えて風邪ひいちゃう。

　父ちゃん《パピ》は冷たい手のひらをおれの頭に載せた。こいつだって気に入ってるんだ、父ちゃんは言った。

父《パ》ちゃん《ピ》は週に五十時間の長時間労働をしてて、休みの日には静かに過ごしたがった。でも兄貴もおれもエネルギーがありあまっていて、静かになんてしていられなかった。朝九時にソファをトランポリンとして使うのだって何てことないと思っていた。まだ父《パ》ちゃん《ピ》は眠っていたのだが。以前住んでた界隈《バリオ》じゃ、二十四時間メレンゲを流し続けて近所を騒がすやつらにおれたちは慣れていた。上の階の住人は、ありとあらゆることについてまるでトロールみたいに喧嘩ばかりして、ドンドンと床を踏みならしてた。二人とも頼むから静かにしてくれよ、と言って父《パ》ちゃん《ピ》が部屋から出てくる。短パンはボタンを留めてない。そして言う。言ったよな？　静かにしろって何回言った？　父ちゃんは好き放題にビンタした。おれたちは午後中、懲罰房——寝室のことだ——ですごした。寝室ではベッドに横になったままそこから離れてはいけなかった。もし父ちゃんが急に入ってきて、おれたちが窓から外のきれいな雪を見てるところを見つけたら、父ちゃんはおれたちの耳を引っ張って殴るだろうし、それから部屋の隅で何時間もひざまずいたままにさせられるからだ。もしおれたちが悪ふざけをしたりごまかそうとしたりして、それを台無しにしようものなら、父ちゃんはココナツおろしの刃のついた面の上におれたちを無理やりひざまずかせ、おれたちが血を流してぐずぐず泣き出すまで許してくれないのだった。

ようやくお前ら静かになったな、父ちゃんは満足げに言う。おれたちはベッドで横になったまま、ヨードチンキを塗った膝は焼けるようで、父ちゃんが仕事に行くのを待つのだった。そうしたらおれたちは冷たい窓ガラスに両手を付けることができた。

おれたちが見てたのは、近所の子供たちが雪だるまやドーム状の雪の家を作ったり、雪合戦をするところだった。おれは外で目にした広場のことを兄貴に話した。記憶の中の広場は巨大だった。でも兄貴は肩をすくめただけだった。向かいにある四号棟に兄妹が住んでいて、二人が外にいるとおれたちは手を振った。二人もおれたちに手を振り、出てこいと手招きをしたが、おれたちは首を振った。無理だよ。

他の子供がいるところまで兄は妹を引っ張っていった。二人はシャベルを持っていて、雪だらけの長いマフラーをしていた。妹はラファのことが好きみたいで、行ってしまうとき彼に手を振った。ラファは手を振り返さなかった。

アメリカの女の子はきれいってことになってるんだけどな、ラファは言った。

きれいな子見たの？

お前、あの子どう思った？　ラファは手を下に伸ばしてティッシュを取り、鼻水の二連銃をぶっ放した。家族全員が頭痛と悪寒と咳に悩まされていた。いくら暖房の温度を上げても、おれたちは冬にやられっぱなしだったのだ。丸刈りの頭を暖かくしておくために、おれはアパートの中でクリスマスのとんがり帽子を被ってなきゃならなかった。おれはまるで不幸な熱帯の妖精みたいだった。

おれは鼻水を拭いた。もしこれがアメリカなら、おれを郵便で送り返してくれよ。

心配するな。たぶんおれたち帰ることになるって母ちゃん《マミ》が言ってた。

何で母ちゃんにわかるの？

母ちゃんと父ちゃん《パピ》はそのことについて話し合ってるんだ。母ちゃんはおれたちが帰ったほうがいいと思ってる。ラファは不機嫌そうに指を窓ガラスの上で滑らせた。帰りたくなかったのだ。テレビもトイレも気に入っていたし、四号棟の女の子と自分が一緒にいるところをすでに思い浮かべてしまっていた。

帰るかどうかなんてわからないよ、おれは言った。父ちゃん《パピ》はどこへも行かない感じだし。

お前に何がわかるんだよ？　お前なんてただのクソガキ《モホン》だろ。

兄貴よりはわかってるよ、おれは言った。父ちゃん《パピ》は今まで一度も島に帰るなんて言ってなかったのだ。おれは父ちゃんが機嫌が良くなるのを、アボットとコステロ（一九四〇年代から五〇年代初頭に活躍していたお笑いコンビ）の番組を見終えるのを待って、そのうち家族で戻るつもりか訊いてみた。

何のために？

里帰りだよ。

どこにも行きゃしないよ。

三週目に入るころには、おれたちはもうだめなんじゃないかとおれは心配していた。母ちゃん《マミ》は島では支配者だったけど、徐々に弱っていた。おれたちに料理を作ると、そこに坐ったまままだ待っていて、それから皿を洗った。友達もいなかったし、訪ねていく近所の人もいなかった。あんたたち、私と話しなさいよ、と母ちゃんは言ったが、父ちゃん《パピ》の帰りを待ちなよ、とおれたちは言った。父ちゃんは話してくれるから、とおれは断言した。ラファの機嫌も悪くなっていった。おれはラファの髪を引っ張る。昔ながらのおれたちの遊びだ。するとラファは爆発する。おれたちは喧嘩して喧嘩して喧嘩して、母ちゃんに無理やり引き離されても、昔みたいに仲直りはせず、部屋の反対側に坐ってしかめ面をしたまま、お互い相手をどうやって殺してやろうか考えるのだった。生きたまま焼いてやる、ラファが誓った。おれは言った。手足に番号を書いておくんだな、葬式のときちゃんと元に戻してもらえるように。おれたちは互いに目から毒を放った。まるで爬虫類みたいにだ。退屈のせいですべてが悪くなっていった。

ある日、四号棟の兄妹が服を着込んで遊びに出るのをおれは見て、手を振る代わりにパーカーを着た。ラファはソファに坐ったまま、中華料理の番組とリトルリーグの選抜試合を交互に見ていた。外に行くから、おれはラファに言った。

行ってこいよ、ラファは言ったが、おれが玄関の扉を押し開けるとラファは言った。おい！

外の空気はとても冷たく、おれはほとんど階段から落ちかかった。近所の誰も雪かきをするようなやつらじゃなかった。マフラーを口元まで巻きつけながら、固くでこぼこした雪におれはつまずいた。建物の横で兄妹に追いついた。

ちょっと待って！　おれは叫んだ。一緒に遊ぼう。

兄のほうがおれを見ながら少し微笑んだ。おれの言葉は一言もわからないようで、両脇で神経質に腕をすぼめていた。髪はぎょっとするような無色だった。妹は目が緑色で、そばかすのある顔はピンク色の毛皮のついたフードの中だった。おれたちは同じメーカーの手袋をしてた。トゥーガイズで安く売ってたやつだ。おれは立ち止まった。おれたちは向かい合ってた。白い息が、互いのいる場所までほとんど届きそうだった。世界は氷で、氷は日光で燃え上がってた。これが本当におれがアメリカ人と出会った最初で、おれは自由だし何でもできると感じた。手袋を振って微笑んだ。妹は兄のほうを向いて笑った。兄は妹に何か言い、それから妹は他の子供たちがいるところに走っていった。彼女の弾ける笑い声は、まるで熱い息の泡のように彼女の肩越しにたなびいてた。

　ずっと外に出たかったんだよ、おれは言った。でも父ちゃんが今はおれたちを出してくれないんだ。おれたちが小さすぎるって思ってるせいだけど、見てよ、おれは君の妹より年上だし、おれの兄貴は君より年上に見えるよ。

　兄妹の兄は自分を指さした。エリック、彼は言った。

　おれの名前はユニオール、おれは言った。

　彼の笑顔は決して消えなかった。くるりと向きを変えると、彼はやってくる子供たちのほうに歩いていった。ラファが窓からこちらを見てることはわかってたので、ふり向いて手を振りたい気持ちとおれは闘ってた。白人《グリンゴ》の子供たちはおれを遠くから眺めると行ってしまった。待って、おれは言った。でもそのとき、一台のオールズモビルが隣の駐車場に入ってきた。タイヤは泥だらけで、雪が厚くこびりついてた。おれはその子たちを追いかけられなかった。妹が一度振り向いた。フードから髪の毛が少しだけのぞいていた。その子たちが行ってしまったあと、足が冷たくなるまでおれは雪の中に立っていた。おれは尻を叩かれるのが恐くて、それ以上遠くには行けなかった。

　ラファはテレビの前でだらしなく寝そべってた。

　この大バカ野郎《イホ・デ・ラ・グラン・プタ》、おれは坐りながら言った。

　お前凍っちまったんじゃねえの。

　おれは答えなかった。二人でテレビを見てると、テラスに出るガラス戸に雪玉が当たって、おれたちは飛び上がった。

何なの？　母《マミ》ちゃんが自分の部屋から訊いてきた。

さらに二つの雪玉がガラス戸で破裂した。おれはカーテンの陰から覗いてみた。雪に埋もれたダッジの後ろに兄妹が隠れているのが見えた。

何でもないよ、母《セニョラ》ちゃん、ラファは言った。ただの雪だよ。

何なのよ、外で雪がダンスの練習でもしてるっていうの？

降ってるだけさ、ラファが言った。

おれたち二人ともカーテンの陰に立って、兄のほうがまるでピッチャーみたいに剛速球を投げるのを見てた。


ゴミを積んだトラックが毎日近所にやってきた。ゴミ埋め立て地は三キロ先だったが、冬の空気の力学のせいで、その音も臭いも薄められないまま家まで運ばれてきた。窓を開けると、ブルドーザーが埋め立て地のてっぺんでゴミを広げて、腐敗した厚い層の上にならしていく音と臭いがした。カモメが何千羽も、そうした山の上にとまったり旋回したりしてるのが見えた。

あそこでも子供たちは遊んでるのかな？　おれはラファに訊ねた。おれたちは勇気を出してポーチに立ってた。いつ何時、父《パピ》ちゃんが駐車場に車を入れて、おれたちを見るかわからなかった。

もちろんさ。お前だって遊びたいだろ？

おれは唇を舐めた。あそこならいろいろたくさん見つかるだろうな。

たっぷりな、ラファは言った。

その夜おれは家の夢を見た。夢ではおれたちは引っ越してなかった。起きると喉が痛くて、熱で体が熱かった。おれは流しで顔を洗い、窓のそばに坐った。兄貴は寝てて、おれは氷の粒が落ちてきて冷え固まり、車や雪や歩道を覆う氷の殻みたいになるのを見てた。新しい場所で眠る能力は年を取るにつれてなくなるものらしいが、おれにはそもそも最初からなかった。この建物もようやく落ちつきつつあった。ぐらつきなく魔法のようにビシッと打ち込まれていた釘も、ようやく弛みつつあった。居間で誰かが歩き回っている音がして、おれが部屋から出ると、母ちゃんがテラスに出るドアの前に立っていた。

眠れないの？　母ちゃんは訊ねた。その顔はハロゲン灯の光に照らされて、滑らかで完璧だった。

おれはうなずいた。

私たち、そういうところが似てるのね、母ちゃんは言った。そのせいで生きるのが楽になるわけじゃないけど。

おれは母ちゃんの腰に両腕で抱きついた。おれたちはその朝だけでテラスのドアから三台の引っ越しトラックを見ていた。ドミニカ人でありますように、とガラスに顔を付けて母ちゃんは言った。でもきっと結局みんなプエルトリコ人なのよね。

母ちゃんはおれをベッドに寝かしつけたんだろう。次の日おれはラファの隣で目を覚ましたから。ラファはいびきをかいていた。父ちゃん《パピ》も隣の部屋でやっぱりいびきをかいていた。そしておれも静かに寝てるわけじゃない、と自分の内側の何かが教えてくれた。

その月の終わりには、ブルドーザーが柔らかい金色の泥の蓋で埋め立て地を塞いだ。そして追い払われたカモメたちは団地に群がり、糞をしたり大騒ぎしたりしながら、新たなゴミの第一陣が運び込まれるのを待っていた。

兄貴は一番の息子になろうとしてかなり努力していた。他のすべてにおいて兄貴はほぼ変わらなかったが、父ちゃんに対するときだけは、誰にも見せたことのない真面目な態度で従った。兄貴は普段は動物そのものだったが、父ちゃんのいる家ではある種の良い子ちゃん《ムチャチョ・ブエノ》になっていた。父ちゃん《パピ》が家にいろとおれたちに言えば、ラファは家にいた。まるでアメリカに来たせいでラファのいちばん尖った部分が焼き尽くされたみたいだった。そういう部分はあっという間に息を吹き返し、以前よりひどく火花を散らすことになるのだが、最初の数ヶ月間はラファはただ黙っていた。そんなラファを見ても、誰も誰だかわからなかっただろう。おれも父ちゃんに好かれたかったが、ラファみたいに従いたくもなかった。おれは少しでも時間があれば雪の中で遊んだ。とはいえ、アパートが見えなくなる場所までは行かなかったが。そのうちお前見つかるぞ、ラファが予言した。おれが大胆に振る舞うせいで、ラファが惨めな気持ちになっているのをおれは感じた。家の窓からラファは、おれが雪を手で固めたり吹き溜まりに突っ込んだりするのを見ていた。おれは白人《グリンゴ》たちには近づかなかった。四号棟の兄妹を見かけると、おれはふざけるのをやめて不意の攻撃に備えた。エリックは手を振り、妹も手を振った。おれは手を振り返さなかった。一度エリックはおれのところまでやって来て、手に入れたばかりらしい野球のボールを見せてくれた。ロベルト・クレメンテ、彼は言ったが、おれは自分の城を造り続けた。妹が顔を赤くして何かを大声で言うと、エリックは行ってしまった。

ある日、妹が一人で外にいて、おれは彼女を追いかけて広場まで行った。雪原のあちらこちらに巨大なコンクリートの土管が散らばってた。彼女はそのうちの一本にひょいと潜り込み、おれも続いて入り、膝で這った。

彼女は土管の中であぐらをかいて坐り、にこっと笑った。両手を手袋から出して擦り合わせた。風のあたらない場所なので、おれは彼女と同じようにした。彼女はおれを指さした。

ユニオール、おれは言った。

エレイン、彼女は言った。

おれたちはしばらくそこで坐ってた。しゃべりたいという欲望でおれは頭が痛くなった。彼女はずっと両手に息を吐きかけてた。それから兄が呼ぶ声を聞くと、妹は土管から這い出た。おれも出た。彼女は兄の横に立ってた。兄はおれを見ると何かを叫び、おれのほうに雪玉を投げた。おれも一つ投げ返した。

一年も経たないうちに彼らはいなくなってしまった。白人は全員いなくなった。残ったのはおれたち有色人だけだった。


夜、母ちゃん《マミ》と父ちゃん《パピ》が話していた。父ちゃんはテーブルのいつもの席に坐っていて、母ちゃんは身を乗り出して顔を近づけ訊ねた。子供たちを外に出すつもりはあるの？　こんなふうに閉じこめておくわけにはいかないでしょ。

二人ともすぐ学校に行くだろ、父ちゃんは言い、パイプを吸った。それに冬が終わったらすぐ、みんなを海に連れて行ってやる。そりゃここらでも見えるけど、もっと近くで見たほうがいい。

冬はあとどれだけ続くの？

長くはないさ、父ちゃんは断言した。今にわかるよ。ほんの何ヶ月かしたら、お前たちの誰もこんなの覚えてないし、そのころにはおれもこんなに長く働かなくてもよくなる。春には旅行して、いろいろ見て回れるさ。

そうだったらいいけど、母ちゃん《マミ》は言った。

母ちゃんは簡単に服従させられるような女性じゃないけど、アメリカでは父ちゃんにやられっぱなしだった。もし父ちゃんが二日ぶっ続けで働かなきゃならないと言えば、母ちゃんはわかったと言い、父ちゃんが食べる黒豆ご飯《モロ》をちゃんと用意した。母ちゃんは落ち込み、悲しみ、祖父ちゃんと自分の友達、近所の人たちを恋しがった。アメリカは大変なところで悪魔すら痛い目にあう、とみんなは母ちゃんに忠告したが、子供たちとともに雪の中に閉じこめられたまま天寿をまっとうすることになるだろう、とは誰も教えてくれなかった。母ちゃんは実家に次々と手紙を書き、姉や妹にできるだけ早く来てと懇願した。ここの界隈は空っぽで誰も友達がいないの。そして父ちゃんに友達を連れてきてと懇願した。母ちゃんは他愛のないおしゃべりがしたかった。自分の子供でも夫でもない人としゃべりたかったのだ。

でもお前らお客さんを迎える準備なんてできてないだろ、父ちゃん《パピ》は言った。この家を見ろよ。子供たちを見ろよ。あんなふうにやつらがだらっと坐ってるのを見たら恥ずかしくてしょうがないよ《メ・ダ・ベルグエンサ》。

アパートのことで文句言ったってしょうがないじゃないの。掃除は私、ちゃんとしてるし。

じゃあ子供たちは？

母ちゃんはおれのほうを見て、それからラファのほうを見た。おれは片方の靴でもう一方の靴を隠した。それ以降、母ちゃんはラファをおれの靴紐に目を光らせる係にした。父ちゃんのバンが駐車場に着いたのを聞くと、母《マ》ちゃん《ミ》はおれたちを呼び寄せ、素早く確認した。髪の毛、歯、両手、両足。もし何か問題があったら、それが直るまで母ちゃんはおれたちをバスルームに隠した。母ちゃんの作る夕食はますます手の込んだものになっていった。父ちゃんを怠け者《サンガノ》と呼びもせずに、テレビのチャンネルを変えてあげさえした。

わかった、ついに父ちゃんは言った。ひょっとしたら上手く行くかもな。

そんなに大したものじゃなくてもいいのよ、母《マ》ちゃん《ミ》は言った。

二週続けて金曜日の夕食に、父ちゃんは友達を一人連れてきた。母《マ》ちゃん《ミ》はいちばんいいポリエステルのオーバーオールを着て、おれたちもめかし込ませた。おれたちは赤いズボンをはき、幅広の白いベルトをして、アマランサスみたいに青いチャムスのシャツを着た。母ちゃんが興奮で喘息気味になっているのを見て、おれたちの暮らす世界も良くなるんじゃないかと希望を持ったが、二回とも気まずい夕食だった。来たのは二人とも独身の男で、父《パ》ちゃん《ピ》としゃべってるか、でなければ母《マ》ちゃん《ミ》の尻を見てた。父ちゃんは彼らといて楽しそうだったけど、母《マ》ちゃん《ミ》は立ちっぱなしで、急いで食べ物をテーブルに運んだり、ビールの栓を開けたり、チャンネルを変えたりしてた。母ちゃんはどちらの晩とも最初は自然で遠慮もなく、すぐに顔をしかめたり微笑んだりしたが、男たちがベルトを弛め、靴を脱ぎ、自分たちだけがわかる話をし出すと、母ちゃんは無口になった。だんだん表情がなくなっていって、最後には強ばった用心深い微笑みだけになった。その微笑みが部屋を漂う様子は、まるで影がゆっくりと壁を漂っているように見えた。おれたち子供はほとんどずっと無視されてたが、たった一度だけ、最初に来たほうのミゲルが訊ねた。

お前ら二人とも父ちゃんみたいに殴り合いは得意かい？

二人とも強いぜ、父《パ》ちゃん《ピ》は言った。

お前らの父ちゃんはすごく速いんだ。手のスピードが速い。ミゲルは前に身を乗り出した。お前らの父ちゃんが白人《グリンゴ》をやっつけるのを見たぜ。相手が悲鳴を上げるまで殴りまくってた。

ミゲルはベルムデスのラム酒の瓶を持ってきてた。彼も父ちゃんも酔っぱらってた。

あんたたち部屋に戻る時間よ、母《マ》ちゃん《ミ》は言い、おれの肩に触れた。

どうして？　部屋にいたってすることないよ。

おれも自分の家じゃそうだ、ミゲルが言った。

母《マ》ちゃん《ミ》はおれをじろっとにらんでまっ二つにした。黙りなさい、母ちゃんは言い、おれたちを無理やり部屋に戻らせた。さっき言ったとおり、おれたちはすることもなくて、ただ耳を澄ませてた。どっちの訪問でも、男たちは腹一杯食べ、母《マ》ちゃん《ミ》には料理が素晴らしいと言い、父《パ》ちゃん《ピ》には息子たちが素晴らしいと言い、礼儀を重んじて一時間ほどいた。煙草を吸い、ドミノをし、無駄話をし、それから避けられない瞬間がやってきた。さあ、もう行かなくちゃ。明日もお互い仕事だしな。わかるだろう。

もちろんだ。おれたちドミニカ人にわかってることなんて他にあるか？

そのあと、母《マ》ちゃん《ミ》は台所で静かに鍋を洗ってた。焼いた豚肉の切れ端をこそぎ落としてたのだ。そのあいだ父ちゃんは玄関ポーチに半袖で坐ってた。この五年で父ちゃんは寒さを感じなくなったみたいだった。家に入ると、シャワーを浴びてつなぎを着た。今晩は仕事だ、父ちゃんは言った。

母《マ》ちゃん《ミ》は鍋をスプーンでこする手を止めた。もっとちゃんと時間が決まった仕事を探しなさいよ。

父《パ》ちゃん《ピ》は肩をすくめた。仕事なんて簡単に見つかると思うんなら、お前こそ見つけてこいよ。

父ちゃんが行ってしまうとすぐ、母《マ》ちゃん《ミ》はレコードプレーヤーの針を乱暴に戻し、フェリックス・デル・ロサリオの曲を中断した。母ちゃんがクローゼットの中でコートを着てブーツを履くのをおれたちは聞いた。

母ちゃん、おれたちを捨てて出ていっちまうのかな？　おれは訊ねた。

ラファは眉間に皺を寄せた。かもな、ラファは言った。

玄関の扉が開く音を聞くと、おれたちは部屋から出て、家が空っぽなのを確認した。

追いかけたほうがいいよ、おれは言った。

ラファは扉のところで立ち止まった。母ちゃんに一分あげよう、ラファは言った。

一体どうしたんだよ？

二分待とう、ラファは言った。

一分だ、おれは大声で言った。ラファはテラスのガラス戸に顔を付けていた。おれたちが玄関の扉を開けようとしたとき、母ちゃんが戻ってきた。はあはあ息をしてて、冷たい空気に包まれてた。

どこ行ってたの？　おれは訊ねた。

散歩よ。母ちゃんは玄関に脱いだコートを落とした。顔は寒さで赤くなってて、深い息をしてた。まるで最後の三十歩を全力疾走したみたいだった。

散歩ってどこ？

角を曲がったあたりよ。

何でそんなことしたの？

母ちゃんは泣き出した。そしてラファが母ちゃんの腰に手をやると、母ちゃんはそれを払いのけた。おれたちは部屋に戻った。

ブチ切れちゃったのかな、おれは言った。

ただ寂しかったんだよ、ラファは言った。


吹雪の前の夜、窓から風の音が聞こえていた。翌朝おれが目を覚ますと、凍えるようだった。母ちゃん《マミ》はサーモスタットをいじってた。水がパイプをゴボゴボ通っていく音が聞こえたが、アパートはそんなに暖かくならなかった。

遊びに行きなさい、母ちゃん《マミ》は言った。そしたら気が紛れるでしょ。

壊れたの？

どうかしらね。母ちゃんは疑うようにつまみを眺めた。もしかしたら、今朝は暖まるのが遅いのかも。

白人《グリンゴ》は誰も外で遊んでなかった。おれたちは窓のそばに坐り、彼らが出てくるのを待ってた。午後、父ちゃんが職場から電話してきた。おれが電話を取ると、後ろでフォークリフトの音がしてた。

ラファか？

いや、おれ。

母ちゃんに代われ。

吹雪が近づいてる、父ちゃんは母ちゃんに説明した――おれが立ってるところでも父ちゃんの声が聞こえた。ここから帰るのは無理だ。危険だから。明日には帰り着けるかもしれない。

私どうすればいいの？

とにかく家にいろ。それから風呂桶に水を溜めておけ。

あんたどこで寝るの？　母《マ》ちゃん《ミ》は訊ねた。

友達んとこ。

母ちゃんはおれたちから目をそらした。わかった、母ちゃんは言った。電話を置くと、テレビの前に坐った。おれが父《パ》ちゃん《ピ》についてしつこく訊ねるだろうと母ちゃんもわかってた。母ちゃんはおれに言った。とにかくテレビを見てなさい。

ＷＡＤＯは余分の毛布と水と懐中電灯と食料を準備するよう勧めていた。そんなもの家にはなかった。おれたちもし埋まっちゃったらどうなるの？　おれは訊ねた。死ぬの？　誰かにボートで助けてもらわなきゃいけなくなるの？

さあね、ラファは言った。雪のことなんて何もわかんないよ。おれの言葉にラファは不安になっていた。ラファは窓まで行き、外をじっと眺めた。

大丈夫よ、母《マ》ちゃん《ミ》は言った。暖かくしとけば。母ちゃんは向こうへ行き、また設定温度を上げた。

でも埋まっちゃったらどうなるの？

そんなに雪は降らないよ。

何でわかる？

だって三十センチで埋まっちゃうやつなんていないだろ。お前みたいなクソ野郎だってさ。

おれは玄関ポーチに出て、降り始めの雪が、篩《ふるい》にかけられて細かくなった灰みたいに落ちてくるのを見ていた。もしおれたちが死んだら、父《パ》ちゃ《ピ》んは後悔するかな、おれは言った。

母《マ》ちゃ《ミ》んはむこうを向いて笑った。

一時間に十センチ積もり、まだ雪は降り続けた。

おれたちがベッドに入るまで母《マ》ちゃ《ミ》んは待ってた。でもおれは扉の開く音を聞いて、ラファを起こした。母ちゃんが。

外に？

うん。

ラファは険しい顔でブーツを履いた。扉のところで立ち止まり、振り返って空っぽのアパートを見た。行こう、ラファは言った。

母ちゃんは駐車場の端っこに立ってて、ウェストミンスター通りを渡ろうとしてた。アパートの明かりが凍った地面に反射して輝いてて、夜の空気の中でおれたちの息が白かった。雪が急に強く降ってきた。

家に戻りなさい、母ちゃんは言った。

おれたちは動かなかった。

玄関の鍵ぐらいかけてきたの？　母ちゃんは訊ねた。

ラファは首を振った。

寒すぎて泥棒なんて来ないよ、おれは言った。

母ちゃん《マミ》はにこっと笑い、歩道で滑りかけた。この厄介なもの《バイナ》の上を歩くの苦手。

おれはすごく上手いよ、おれは言った。おれに摑まって。

おれたちはウェストミンスター通りを渡った。車はすごくゆっくり走っていて、ごうごうと大きな音を立てている風は雪でいっぱいだった。

こんなの大したことないよ、おれは言った。ここらへんのやつらはハリケーンを見てみたらいい。

どこに行けばいいの？　ラファが訊ねた。目に雪が入らないように、しきりにまばたきしていた。

真っ直ぐ行って、母ちゃん《マミ》は言った。そうすれば迷わないから。

氷に目印をつけといたほうがいいかも。

母ちゃんはおれたち二人を抱き寄せた。真っ直ぐ行けば簡単よ。

おれたちは団地の端まで行き、埋め立て地を眺めた。ラリタン河の横には歪んだ小山がぼんやりと見えた。そのいたるところで、ゴミから出るガスの炎がまるで傷口のように燃えていた。小山のすそでダンプとブルドーザーが静かにうやうやしく眠っていた。河が川底から打ち上げた、湿った吐き気を催させるような臭いがした。次に見つけたのはバスケットボールのコートとプールだった。プールには水がなかった。そして隣町のパークウッドが見えた。そこには多くの人が引っ越して来ていて、たくさんの子供がいた。

　おれたちは海だって見た。ウェストミンスター通りの外れから、長く弓なりになったナイフの刃みたいに見えた。母ちゃん《マミ》は泣いてたけど、おれたちは気づかないふりをして、滑っていく車に雪玉を投げた。雪のかけらがおれの冷えた頭皮にあたるのを感じてみたくて、おれは途中で一度、野球帽を脱いだ。

ミス・ロラ

Miss Lora

1

何年も経ってからお前は考える。兄貴のことがなかったら、あんなことしただろうか？　他の野郎どもはみんな彼女をひどく嫌ってたのを覚えてる——すごく痩せてて、尻《クロ》もおっぱいもなくて、まるで棒みたい《コモ・ウン・パリト》だ、でもそんなこと兄貴は気にしなかった。あの女とヤリたいぜ。

お前何とでもヤルんだな、誰かがひやかした。

すると兄貴はその誰かをじっと見た。それが何か悪いことみたいに言ってくれるじゃないか。

2

お前の兄貴だ。死んだのはもう一年前で、まだときどきお前は電気ショックみたいな悲しみを感じてた。もっとも、死ぬ間際の兄貴は本当に、凄まじいほどのクソ野郎だったが。兄貴はあっけなく死んだりはしなかった。最後の数ヶ月、やつは繰り返し逃げようとした。ベス・イスラエル病院の外でタクシーを拾おうとしてたり、緑色の入院服を着てニューアークの道を歩いてるところを兄貴は捕まった。一度なんて、別れた彼女にうまいこと言って、その子の車でカリフォルニアに向かったこともあった。でもキャムデンを出たところで兄貴は痙攣し始めて、彼女はパニック状態でお前に電話してきた。どこか見えないところで一人で死にたいってのは、一種の原始的な欲望なんだろうか？　あるいは兄貴はずっと以前から自分の中にあった何かを満たそうとしてただけなんだろうか？　どうしてこんなことするんだよ？　お前は訊ねたが、兄貴は笑っただけだった。こんなことって何のことだよ？

最後の数週間、とうとう逃げ出せないくらい弱ると、兄貴はお前とも母ちゃんとも口をきかなくなった。死ぬまで一言も発しなかったのだ。母ちゃんは気にしなかった。兄貴を愛してたし、兄貴のために祈ってたし、まるでまだ兄貴の体調が問題ないみたいに話しかけてた。でもその頑なな沈黙にお前は傷ついた。マジで死ぬ間際だっていうのに、一言もしゃべろうとはしなかったのだ。今日の調子はどう、なんてストレートに何かを訊いても、ラファはむこうを向くだけだった。まるでお前らには答える価値もないみたいに。誰にもそんな価値はないみたいに。

3

お前は女の子の表情や仕草一つで恋に落ちてしまうような年頃だった。お前の彼女、パロマのときがそうだった——彼女がバッグを拾おうとして屈んだとき、お前の心臓が体から飛び出した。

ミス・ロラのときもそうだった。

一九八五年のことだった。お前は十六歳で混乱してて、めちゃくちゃに孤独だった。それに、世界はバラバラに砕け散るだろうと信じてた——すっかり完全に信じてたのだ。ほとんど毎晩悪夢を見た。『ドリームスケープ』の中で大統領の見る悪夢が子供だましに思えるくらいの悪夢だ。お前の夢では、爆弾がいつも爆発して、お前は歩いてたり、手羽先を食べてたり、学校に行くバスに乗ってたり、パロマとヤッてるあいだに蒸発してしまう。目覚めるとお前は恐怖に舌を嚙んだ状態でいて、頬を血が垂れてた。

実際、誰かに投薬治療してもらうべきだった。

お前はイカれてるとパロマは思ってた。彼女が聞きたがらなかったのは、相互確証破壊、『地球最後の日』、我々は五分後に爆撃を開始する、第二次戦略兵器制限交渉、『ザ・デイ・アフター』、『スレッズ』、『若き勇者たち』、『ウォー・ゲーム』、『ガンマ・ワールド』、こうしたこと全てだった。彼女はお前をミスター陰気と呼んだ。それに彼女の方は、今以上に陰気になる必要などなかった。寝室が一つのアパートに四人の弟や妹と障害のある母親と一緒に住んでて、全員の面倒を見てた。それをこなして、なおかつ優等クラスにいたのだ。彼女には何をする時間もなかったけど、たいていお前と一緒にいた。兄貴のことがあって、それで同情してるんじゃないかとお前は疑ってた。と言っても長時間お前と一緒にいるとか、セックスするとか、そういうわけではなかった。彼女は地球上でたった一人の、どんな理由があろうと決してヤラせてくれないプエルトリコ人の女の子だった。だめよ、彼女は言った。どんな間違いも犯しちゃだめなの。どうしておれとのセックスが間違いなんだい、お前は訊く。でも彼女は首を振るだけ、ズボンに入っててきたお前の手を払いのけるだけだ。パロマは確信してた。もしこれから二年間にどんな間違いでも、本当にどんな間違いでも犯したら、彼女は自分の家族から永久に逃れられなくなってしまうだろう。それが彼女の悪夢だった。もし私がどこにも合格できなかったらって考えてみてよ、彼女は言った。それでもおれがいるじゃないか、お前は彼女をなだめようとするが、まるで世界の崩壊のほうがまだましだ、というような顔でパロマはお前を見た。

　そうしてお前は来るべき世界の終わりについて、聞いてくれる人なら誰にでもしゃべった——お前の歴史の先生にも。彼はポコノ山脈に生き延びるための小屋を建ててるところだと言った。そしてパナマに駐留している男友達にも（当時はまだお前は手紙を書いてたのだ）。そして近所の角を曲がったところに住んでるミス・ロラに。最初にお前を彼女と繋いだのはその話題だった。彼女はちゃんと聞いてくれた。もっといいことに『ああバビロン』を読んでたし、『ザ・デイ・アフター』の一部分を見てもいた。その二つとも彼女をすっかりビビら《モンガ》せていた。『ザ・デイ・アフター』なんて恐くないよ、お前は文句を言った。ありゃクソだ。ダッシュボードの下に隠れたって、空中爆発を生き延びることはできない。

　ひょっとしたら奇跡なのかも、彼女はふざけて言った。

奇跡？　あんなの愚劣なだけだよ。見るべきなのは『スレッズ』だ。あれは本物だよ。

ひょっとしたら私見てられないかも、彼女は言った。そして手をお前の肩においた。

みんないつもお前に触った。そのことにお前は慣れてた。アマチュアの重量挙げ選手だったのだ。重量挙げをしてると、人生のクソみたいなことを忘れていられた。ＤＮＡのどこかに突然変異した遺伝子を持っていたに違いない。重量挙げのおかげで、お前はサーカスの奇人みたいになってたのだ。女の子たちや、たまに野郎たちに触られても、お前は大体は気にしなかった。でもミス・ロラの場合は何か違うとわかった。

ミス・ロラに触られると、お前は急に目を上げ、彼女の痩せた顔についてる両目がどんなに大きいか、睫毛がどんなに長いか、片方の虹彩のほうがどれだけ青銅色が濃いかに気づいた。

4

もちろんお前は彼女を知っていた。近所に住んでいて、セイアーヴィル高校で教えていた。でも彼女がお前の視野に急に入ってきたのはここ何ヶ月かだった。近所には同じような中年の独身女性がたくさん住んでて、あらゆる種類の不幸に遭い打ちのめされてたが、彼女のように子供がおらず、一人暮らしで、まだ若く見える人はほとんどいなかった。きっと何かあったんでしょ、お前の母ちゃんは推測した。母ちゃんの頭のなかでは、とめどない不幸の連続以外に、子供のいない女性というものを説明できる理由はなかった。

もしかしたらただ子供が好きじゃないだけかもよ。

誰だって好きじゃないよ、母ちゃんは断言した。だからって子供がいない理由にはならないから。

ミス・ロラは全然魅力的なタイプじゃなかった。ミセス・デル・オルベみたいな、もっと色気のある中年女性《ピエハス》は近所に千人いた。兄貴はミセス・デル・オルベとめちゃくちゃにヤッて、彼女の夫はそれを知ると一家で引っ越してしまった。ミス・ロラは痩せすぎだった。腰のくびれも全然なかった。胸もなく、尻もなく、髪さえ合格点とまではいかなかった。目は確かに素敵だったけど、近所でいちばん話題だったのは、その筋肉だった。お前みたいな巨大な筋肉じゃない――彼女はめちゃくちゃに筋張ってて、すべての筋繊維が異様なほどくっきり浮き立ってた。ミス・ロラに比べたらイギー・ポップだって小太りに見える。そして毎年夏になると、彼女はプールですごい騒ぎを引き起こした。体に丸みなんて全然ないのに、いつもビキニ姿で、トップは筋張った胸筋をぴっちりと覆い、ボトムは波立つ尻の筋肉を包んでた。彼女はいつも潜水で泳ぎ、黒い髪が後ろで波打ってて、まるで鰻の群れだった。いつも日に焼けてて（他にそんなことをする女性はいなかった）、古靴みたいな、しっかりとラッカー塗装したようなクルミ色の肌をしてた。あの女にはいつも服を着ててもらわないと、母親たちが文句を言った。あの人、まるでミミズでいっぱいのビニール袋みたいなんだから。でも誰が彼女から目を離せただろう？　お前も、お前の兄貴もそうできなかった。子供たちが彼女に訊く、ボディービルやってるんですか、ミス・ロラ？　すると彼女はペーパーバックの向こうで首を振る。ごめんなさいね、生まれつきこうなの。

　兄貴が死んだあと、彼女は二度ほどアパートにやって来た。ミス・ロラとお前の母ちゃんの二人ともよく知っている場所がある。ラ・ベガだ。そこでミス・ロラは生まれ、お前の母ちゃんは内戦のあと、そこで体を癒したのだった。丸一年、黄色い家《カサ・アマリジャ》の裏で過ごしたおかげで、母ちゃんは完璧な菜食主義者《ベガナ》になった。夢の中でまだカム川《リオ・カム》の音が聞こえるのよ、母ちゃんは言った。ミス・ロラはうなずいた。すごく小さいとき、道で一度フアン・ボッシュを見かけたの。二人は坐り、そのことについて延々と話した。時々ミス・ロラは駐車場でお前を呼び止めた。調子はどう？　お母さんは？　そしてお前はいつも、どう返していいかわからなかった。眠っているあいだに粉みじんにされたせいで、お前の舌はいつも腫れてひりひりしていたのだ。

5

今日お前がジョギングから戻ると、玄関前の階段で彼女が母ちゃん《ラ・ドニャ》と話してる。母ちゃんはお前を呼ぶ。先生《プロフェソラ》に挨拶しなさい。

おれ汗だくだよ、お前は言い返す。

母ちゃんが怒る。いったい《カラホ》誰に向かって話してるつもり？　ほら《コニョ》、先生《ラ・プロフェソラ》に挨拶しなさい。

こんちは、先生《プロフェソラ》。

こんちは、学生さん。

彼女は笑い、振り向いてまた母ちゃんと話し出す。

なぜ自分が突然怒ったのか、お前にはわからない。

あんたなんて片手で持ち上げられるぜ、肘を曲げながらお前は彼女に言う。

するとミス・ロラは大げさな笑顔を浮かべながらお前を見る。一体何言ってんの？　あたしこそ、あんたなんてつまみ上げられるんだけど。

彼女は両手をお前の腰に置き、試してみるふりをする。

母ちゃんはちょっとだけ笑う。でも母ちゃんが二人を眺めてるのをお前は感じる。

6

母ちゃんがミセス・デル・オルベのことで兄貴に詰め寄ると、兄貴は否定しなかった。いったいどうしてほしいんだい、母ちゃん？　彼女はおれの目に夢中なんだぜ《セ・メティオ・ポル・ミス・オホス》。おれの目だって、何言ってるの、母ちゃんは言った。あんたがあの女の尻に夢中なんでしょ《トゥ・テ・メティステ・ポル・ス・クロ》。そのとおり、兄貴は嬉しそうに認めた。それから口にも《イ・ポル・ス・ボカ》。すると母ちゃんは兄貴にパンチを食らわせた。恥と怒りでどうしていいか分からなくなったのだ。そうされても兄貴は笑っただけだった。

7

お前が女の子に求められるのは初めてだ。だからそのことについてよく考えてみる。心のいろんな場所でそれを転がしてみる。こんなのイカれてる、お前は一人でつぶやく。そしてあとでうっかりパロマに言う。彼女は聞いてない。それに自分が気づいたからといって、お前はどう対処していいかわからない。お前は兄貴じゃない。兄貴なら走っていってミス・ロラにチンポコ《ラボ》を突っ込むだろう。わかっててもまだ、間違いなんじゃないかと思って恐くなる。彼女に笑われるんじゃないかと思って恐くなる。

だからお前は彼女のことを考えないように、彼女のビキニを思い出さないように努める。何かしでかす機会がやってくる前に、爆弾でも降ってくるんだろうとお前は思う。爆弾が降ってこないと、お前は最後の抵抗として、パロマに彼女の話をする。先生《ラ・プロフェソラ》に口説かれてると告げるのだ。その嘘にはすごく説得力があるな、と思う。

あのクソババアに？　最悪なんだけど。

本当にそうだよな、惨めっぽい声でお前は言う。

木の枝とやるみたいなものよ、彼女は言う。

確かに、お前は同意する。

あの人とセックスしないほうがいいよ、一瞬黙ってからパロマはお前に警告する。

何言ってんだよ？

言ったとおりよ。あの人とセックスしちゃだめ。私にはわかるからね。あんたは嘘が下手なんだから。

イカれたこと言うなよ、にらみつけながらお前は言う。誰ともセックスなんかしないよ。当たり前だろ。

その晩お前は舌先でパロマのクリトリスに触らせてもらうが、それだけだ。彼女は人生すべてをかけた力でお前の頭を引きはがす。そしてついにお前は諦め、落ち込む。

パナマの友人への手紙にお前は書く。あれはビールみたいな味だったよ。

お前はトレーニングで余分に走るようになり、こうすれば金玉《グラノス》も冷えるんじゃないかと期待する。でも効果はない。お前は二度ほどこんな夢を見る。彼女に触れようとすると、ニューヨークの街で爆弾が炸裂し、世界の終末がやってきてしまう。そしてお前は衝撃波が押し寄せるのを見てる。そして目を覚ますと、上下の歯でがっちりと舌を嚙んでいる。

それからお前がチキン・ホリデイで四ピースのセットを買い、腿肉を口にくわえて家に帰る途中で、パスマークから彼女が出てくる。手には重そうなビニール袋を二つ提げてる。お前は走って逃げようかなと思うが、兄貴のルールに阻まれて動けない。絶対に逃げるな。兄貴は結局はそのルールを廃止したのだが、今のお前はそうできない。控えめに訊ねる。お手伝いしましょうか、ミス・ロラ？

彼女は首を振る。これは今日のエクササイズなの。二人で黙って歩いてると彼女は言う。いつあの映画を見せに来てくれるの？

何の映画？

前に本物だって言ってたやつよ。核戦争の映画。

もしお前が誰か別の人だったら、こうしたすべてを避ける自制心も働いたかもしれない。でもお前はあの父親の息子だし、あの兄貴の弟だ。二日後、お前は家にいて、その静けさは耐え難いほどで、まるで車の座席にできた破れ目を直すコマーシャルがずっと続いてるみたいだ。お前はシャワーを浴び、ひげを剃り、服を着る。

ちょっと出かけてくる。

母親はお前の履いている革靴を見る。どこに行くの？

外。

もう十時よ、彼女は言う。でももうお前は扉の外にいる。

お前は扉を一度、二度ノックする。彼女が扉を開ける。

スウェットにハワード大学のTシャツ姿で、困惑したように額に皺を寄せる。彼女の目はまるで巨人の顔に付いてるやつみたいだ。

お前はわざわざ世間話なんてしない。ただ突進しキスをする。彼女は腕を伸ばし、お前の後ろで扉を閉める。

コンドームはある？

そんなふうにお前は心配性なのだ。

ないけど、彼女は言い、お前はなんとかコントロールしようとするが、結局は彼女の中でイッてしまう。

本当にごめんなさい、お前は言う。

いいのよ、彼女は囁く。両手をお前の背中に回して動けないようにする。そのままでいて。

8

彼女のアパートはお前が知っているうちでも一番というくらいきちんと片づいていて、カリブ海っぽくイカれたところも全然ないから、白人が住んででもおかしくないほどだ。壁には旅の写真や兄弟の写真がたくさん貼ってある。兄弟はみんな信じられないくらい幸福そうで、しかも堅苦しそうだ。じゃあんたは異端児ってわけ？　お前が訊ねると彼女は笑う。そんなところね。

何人かの男たちの写真もある。そのなかの数人を以前に見たことがある、とお前は思うが、何も言わない。

お前のためにチーズバーガーを作ってるあいだ、彼女はすごく物静かで、すごく控えめだ。本当言うと、私は家族が大っ嫌いなの、彼女は言いながら、油がパチパチはねるまで、ハンバーグをフライ返しで押しつぶす。

彼女もお前と同じように感じてるんだろうか、とお前は思う。ひょっとしてこれは愛なのかな、みたいに。彼女のために『スレッズ』をつける。本物だよ、心の準備はいい、お前は言う。

私が隠れる場所も準備してよ、彼女は応える。でも二人が我慢できたのは一時間だけで、そのあと彼女は手を伸ばし、お前の眼鏡を取るとキスをする。今回はお前の理性は戻ってるから、何とか彼女を押し戻す力を見つけようとする。

できないよ、お前は言う。

そしてお前のチンポコ《ラボ》を口にふくむ直前に彼女は言う。本当に?

お前はパロマのことを考えようとする。あまりにも疲れてて、毎朝学校に行くバスで寝てしまう彼女のことを。パロマはそれでもなんとかがんばって、お前が大学進学適性テストの勉強をするのを手伝ってくれる。パロマがセックスさせてくれないのは、もし妊娠したら、お前への愛ゆえに子供を堕ろさないだろうし、そうなったら自分の人生はもうお終いだ、と恐れているからだ。お前は彼女のことを考えようとするが、今お前がしてるのは、ミス・ロラの長い髪をまるで手綱のように握り、彼女の頭が素晴らしいリズムを刻み続けるように促すことだ。

本当に素晴らしい体をしてるね、射精したあとお前は言う。

あら、ありがとう。彼女は頭を傾げて合図する。寝室にも入りたい?

もっと写真がある。核爆発が起こったら全部無くなっちまうな、お前は確信する。この寝室もだ。部屋の窓はニューヨークの街を向いてる。お前はそのことを彼女に言う。そうね、それでもどうにかやっていかなきゃね、彼女は言う。彼女は売春婦みたいに服を脱ぎ、お前が突き始めると、彼女は両目を閉じて、まるで壊れた蝶番《ちょうつがい》で留まってるみたいに、頭を左右に激しく振る。彼女は爪を立ててお前の両肩をものすごく強く握る。そしてお前は、あとで背中が鞭打たれたみたいになってしまうだろうと思う。

それから彼女はお前の顎にキスをする。

9

お前の父親も兄貴もひどい男《スシオ》だ。まったく、父親はよく女に会うのにお前を連れて行った。車にお前を残して、部屋まで駆け上がっていき、愛人たちとやるのだ。兄貴だってそれよりましとは言えなかった。お前の隣のベッドで女の子たちとやるんだから。最悪のたぐいのひどい男たち《スシオス》で、今やお前もその一人だと認定された。遺伝子が自分を避けてくれるように、一世代飛ばしてくれるようにとお前は望んできたが、単に自分を欺いてただけだとはっきりした。結局、血からは逃れられないもんだね、次の日、学校へのバスの中でお前はパロマに言う。ユニオール、寝てた彼女が起き出す。私、あなたの狂気に付き合ってる暇はないの、わかる？

10

一度限りの出来事にできるとお前は思う。でも次の日にはまた彼女の家に直行してしまう。彼女がチーズバーガーを作ってるあいだ、お前は台所でむっつりと坐ってる。

あなた、大丈夫？　彼女は訊ねる。

わかんない。

だって楽しいことのはずでしょ。

彼女がいるんだ。

それは前も聞いた。でしょ？

彼女はお前の膝に皿を置き、じろじろとお前を見る。ねえ、本当にお兄さんに似てるのね。みんなにいつも言われるでしょ。

ときどきね。

お兄さん、信じられないくらいかっこよかったし、自分でもそうだとわかってた。シャツを着なきゃならないなんて聞いたことないよ、って感じで。

今回お前はコンドームのことを訊ねすらしない。彼女のなかでただイッてしまう。自分がどれだけ怒ってるかに気づいて驚く。でも彼女はお前の顔に何度も何度もキスをして、それにお前は感動する。今まで誰もそんなことしてくれなかった。今までセックスした女の子たちは、ことが終わるといつも恥ずかしがった。それにいつもパニックになった。誰かに聞こえたんじゃない、ベッドを整えて、窓を開けて。ここではそんなことまるでない。

あとで彼女は起き上がる。お前と同じく、胸は裸のままだ。ほかに何食べる？

11

お前は理性的でいようとする。自分自身をコントロールして、なんとか落ち着こうとする。でもどうしても毎日彼女のアパートに行ってしまう。一度、どうにか我慢しようとしたが、結局は決意をひるがえし、午前三時に自宅アパートから抜け出すと、彼女の家の扉をこそこそ叩いて中に入れてもらう。私働いてるのよ、わかってる？　わかってる、お前は言う。でもあなたに何かが起こる夢を見たんだ。嘘をついてくれるなんて優しいのね、彼女は溜息をつく。眠りに落ちながらも、彼女はすぐにマンコに入れさせてくれる。本当にすごくいい、いくまでの四秒間お前は言い続ける。やってるあいだ髪の毛を引っ張ってくれなきゃだめよ、彼女は打ち明ける。そうされると私ロケットみたいに飛んでっちゃうの。

これは素晴らしいことのはずだ。だったらなんでお前の夢はどんどん悪くなっていくのか？朝、洗面台に吐き出す血が増えていくのはなぜなのか？

お前は彼女の人生についてたくさんのことを知る。彼女はドミニカ人で、医師の父親と一緒にやって来た。彼はイカれてた。母親は家族を捨ててイタリア人のウェイターとローマに逃げ、それが父親にとどめを刺した。いつも一日一回は自殺するぞと彼女を脅し、そのたびに彼女は死なないでと懇願しなきゃならず、そのせいで彼女はひどく混乱してしまった。若いころの彼女は体操選手で、オリンピック代表に入るかという話さえあったが、コーチが金を盗んでしまい、ドミニカ共和国はその年、参加を諦めなきゃならなかった。彼女は言う。別に勝てたとは思わないけど、何かしらのことはできたはずよ。そのひどい出来事のあと、彼女は三十センチも背が伸びてしまって、それで体操は終りになった。それから父親がミシガン州アナーバーに職を得て、彼女と三人の弟は彼についていった。六ヶ月後、父親は太った未亡人を同居させ始めた。彼女は不快な白人女性《ウナ・ブランカ・アスケロサ》で、ロラを毛嫌いした。学校では彼女はまったく友達がいなくて、中学三年のとき、通っている学校の歴史の先生と寝た。結局、彼の家に住みだした。彼の前妻もその学校の先生だった。どんな感じだったか想像つくでしょ。高校を卒業するとすぐに、物静かな黒人の青年とドイツのラムシュタインにある基地に逃げたが、うまくいかなかった。今でも彼はゲイだったんだと思う、彼女は言う。そしてベルリンでどうにかしようとがんばったあと、ついに彼女はアメリカに戻ってきた。ロンドンテラスにある女友達のアパートに引っ越してきて、数人の男性と付き合った。空軍にいた元彼の古い仲間の一人は休暇になると彼女を訪ねてきた。ものすごく優しい性格の黒人《モレノ》だった。女友達が結婚してアパートを出ていったが、ロラはそこに住み続けて教師になった。転々とするのはやめようと意識的に努力した。お前に写真を見せながら彼女は言う。全体的に考えてみれば、まあまあの人生だったんじゃないの。

ロラはいつもお前に兄貴の話をさせようとする。そうしたら楽になるから、彼女は言う。

言うことなんてある？　癌になって、死んだ。

そうね、そこから話して。

彼女は勤めてる学校から大学のパンフレットを持って帰る。もう願書に半分書き込んである状態でお前に渡す。あなたはどうしてもここから出て行かなきゃだめよ。

どこへ？　お前は訊ねる。

どこでもよ。アラスカでもどこでも。

彼女は眠るときには口にマウスガードをし、目にはアイマスクを付ける。もし帰らなきゃいけないなら、私が眠ってからにして、わかった？　でも数週間すると、行かないで、になり、最後にはただ、ここにいて、に変わる。

そしてお前はそうする。夜明けに彼女のアパートからこっそり抜け出し、地下室の窓から家に入る。母ちゃんは全然気づかない。昔は何でも知ってたものだ。母ちゃんは田舎者《カンペシノ》のレーダーを備えてた。今やどっか別の場所にいる。悲しみに浸るのに忙しくて、他のことをする時間がまったくないのだ。

お前は自分のしてることにものすごく怯えてる。でもそれに興奮してもいるし、世界の中であまり孤独を感じずにすんでる。そしてお前は十六歳で、こんなふうに感じてる。今やセックス・エンジンが始動してしまった以上、地球のどんな力もそれを止められない、と。

それからドミニカの祖父《アブエロ》ちゃんが何かの病気になって、母ちゃんが飛行機で戻らなきゃならなくなる。大丈夫よ、母ちゃん《ラ・ドニャ》は言う。ミス・ロラがあんたの面倒を見てくれるって言ってくれたから。

おれも料理ぐらいできるよ、母ちゃん。

できないでしょ。それにあのプエルトリコ人の女の子を家に連れ込むんじゃないよ。わかった？

お前はうなずく。代わりにドミニカ人の女性を連れ込む。ビニールカバーの掛かったソファや壁に飾られた木のスプーンを見て、彼女はキャーキャー喜ぶ。お前は、何だかちょっと母ちゃんに悪いことしたな、と思う。

もちろんお前は結局、下の地下室に落ち着く。部屋にはまだ兄貴の物が並んでる。彼女は兄貴のボクシンググローブまでまっすぐ歩いていく。

それは置いといて。

彼女はグローブを顔に押しつけてにおいをかぐ。

お前はくつろげない。母ちゃんかパロマがドアの向こうまで来たという気がし続ける。そのせいで五分ごとに動きを止める。ベッドの中で目覚めると隣に彼女がいるのに動揺する。彼女はコーヒーを淹れ、スクランブル・エッグを作り、ラジオはWADOではなく、モーニング・ズーを聞きながら何にでも笑っている。あまりにも奇妙すぎる。パロマが電話をしてきて、お前が学校に行くつもりか訊く。そしてミス・ロラはTシャツ姿で歩き回ってて、痩せた平らな尻が見えてる。

12

そしてお前が最上級生になるともちろん、彼女はお前の高校に転任してくる。奇妙な状態だと言うくらいでは何《ナダ》も言ったことにはならない。廊下で彼女を見かけると、お前の心臓は体から飛び出しそうになる。近所の人？　パロマが訊ねる。やだ、あの人じっとあんたのこと見てるじゃない。エロばばあ。学校で彼女を悩ませるのはスペイン系の女の子たちだ。彼女たちはミス・ロラの訛や服装や体型をバカにする。(彼女をミス性別不明と呼ぶ)。彼女は決して愚痴を言わない――本当に素晴らしい仕事よ、彼女は言う――でもお前は直に彼女の悪口を聞くはめになる。でもそんなことを言ってるのはスペイン系の女の子たちだけだ。白人の女の子たちはミス・ロラのことが死ぬほど大好きだ。彼女は体操部を引き継ぐ。部員に刺激を与えようとダンスの練習を導入する。そしてすぐに体操部は勝ち始める。ある日、学校の外で体操選手たちみんなにせがまれて、ミス・ロラは後方倒立回転跳びをする。そのあまりの完璧さにお前はほとんど動揺してしまう。それはお前が今まで見たもののなかで最も美しい。もちろん理科のエヴァーソン先生が彼女をちやほやし始める。彼はいつも誰かをちやほやしてるのだ。しばらくその対象だったのはパロマで、通報するわよと彼女が脅すまで続いた。ミス・ロラとエヴァーソン先生が廊下で笑っていたり、職員室で一緒に昼食を食べてるのをお前は見る。

パロマは悪口をやめない。エヴァーソン先生って女物のドレスを着るのが好きなんだって。ミス・ロラは彼のためにディルドーを付けて男役もやってあげてると思う?

君ら女の子たちはイカれてるよ。

きっとやってあげてるのよ。

こうしたこと全てのせいでお前はとても緊張してしまう。でもおかげでセックスはすごく良くなる。

何度かエヴァーソン先生の車が彼女のアパートの前に停まってるのをお前は見る。エヴァーソン先生も近所に住んでるみたいだな、友達の一人が笑う。怒りのあまり自分が無力になっていることに突然お前は気づく。彼の車をめちゃくちゃにしてやろうかと考える。ミス・ロラの家のドアを叩こうかと考える。千通りも考える。でも彼が帰るまで、お前は家で重量挙げをしてる。彼女がドアを開けると、お前は何も言わずにそっと中に入る。家は煙草の臭いがする。

あんたひどい臭いだな、お前は言う。

寝室に入っていくが、ベッドはきれいなままだ。

彼女は笑う。可哀想に《アイ・ミ・ポブレ》、そんなに嫉妬しないで《ノ・セ・アス・セロソ》。

でももちろんお前は嫉妬する。

13

お前は六月に卒業する。そして彼女は母親と一緒にそこにいて、拍手してる。ミス・ロラが赤いドレスを着てるのは、お前が以前好きな色だと言ったからで、その下には同じ色の下着も付けてる。そのあと彼女はお前と母親をパースアンボイまで車で連れて行き、三人でメキシコ料理の夕食を食べる。パロマが来られないのは母親が病気になったからだ。でもその夜遅く、彼女のアパートの前でお前はパロマに会う。

ついにやったわよ、にっこりと微笑みながらパロマは言う。

本当にすごいと思う、お前は言う。そして柄にもない言葉を付け加える。君は並外れて素晴らしい女性だよ。

その夏、お前とパロマが会うのはたぶん二回ほど――もういちゃついたりはしない。彼女の心はすでに離れてる。八月にパロマはデラウェア大学に行く。彼女が大学で一週間過ごしたあと、先に進みましょうという見出しの手紙を送ってきてもお前は驚かない。最後まで読みすらしない。デラウェアまでわざわざ車を飛ばして行って彼女と話そうかとも思うが、そんなことをしても何の見込みもないとお前は悟る。予想通り、彼女はもうニュージャージーには戻ってこない。

　お前は近所に居続ける。ラリタン河鉄工所の職にありつく。最初はペンシルヴェニアの田舎者たちと戦わなきゃならないが、やがて自分の立場を確立し、やつらもお前を放っておくようになる。夜になるとお前は、その辺りでぶらぶらしてる他のバカどもと飲み屋に行く。ひどく酔っ払い、チンポコを握りしめてミス・ロラの家のドアまでやって来る。彼女はまだ大学に行きなさいと強く勧めてて、入学金も全額出してあげるとまで言う。でもお前はそうする気になれなくて言う。今は行かないよ。彼女自身はモントクレアで夜間の授業を受けてる。博士号をとろうと考えているのだ。そしたら私のこと博士《ドクトラ》って呼ばなきゃね。

　ときどきお前たちはパースアンボイで会う。そこでは誰もお前たちのことを知らない。普通のカップルみたいに夕食を食べる。彼女にはお前は若すぎるように見えるし、彼女に人前で触れられるとお前はびくっとする。でもお前に何ができるだろう？　お前と外出すると、彼女はいつも幸せそうだ。こんなことがいつまでも続きっこないってわかってるよね、お前が言うと彼女はうなずく。私は、あなたにいちばん良いようになればいいって思ってるだけよ。お前は他の女の子と出会おうと最大限努力する。そうすれば次に進めるんだと自分に言い聞かせながら。でも本当に好きになれる人にはまったく出会えない。

　時々、彼女のアパートを出たあと、お前はゴミの埋め立て地まで歩いていく。子供のころ、お前と兄貴はここで遊び、ブランコに乗った。ここはまた、ミスター・デル・オルベに兄貴の金玉を銃で撃ち抜いてやると脅された場所でもある。やってみろよ、ラファは言った。そしたらここにいる弟がお前のマンコを撃ち抜くからな。お前の後ろのほう、遠くでニューヨークの街がざわめいてる。お前は独り言を言う。世界は決して終わらないんだな。

14

それを乗り越えるには長いことかかる。秘密のない人生に慣れるには。もうそれが終わってしまって、彼女とは完璧に連絡も取らなくなっても、気づいたらあの関係に舞い戻ってるんじゃないかとお前はまだ恐れてる。ついに行き着いたラトガーズ大学では、お前は狂ったようにデートをし、それが上手く行かないといつも、どうせ自分は同じ年代の女の子とはちゃんと付き合えないんだと思う。彼女のせいで。

お前はもちろん誰にも決してそのことを言わない。最高学年になって、お前が理想の恋人《ムヘロン》と出会うまではだ。お前とデートするために彼女は黒人《モレノ》の彼と別れ、お前は彼女のために他の女の子全員と手を切る。お前がとうとう信用したのが彼女だ。とうとうそのことを話したのが彼女だ。

そのイカれたクソ女は逮捕されるべきよ。

そんなふうじゃなかったんだ。

その女を今日にも捕まえるべきよ。

それでも誰かに話すのは気分がいいものだ。心の中でお前は、彼女がお前のことを大嫌いになるだろう——誰もみな大嫌いになるだろうと考えてる。

私は大嫌いになんてならないよ。だってあんたは私の彼氏なんだから《トゥ・エレス・ミ・オンブレ》、彼女は誇らしげに言う。

二人でお前の実家のアパートを訪ねたとき、彼女はその話を母ちゃんの前で始める。ねえ《ドニャ》、あなたの息子さんが婆さんとやっちゃってたって本当なの《エス・ベルダー・ケ・トゥ・イホ・タバ・ラバンド・ウナ・ビエハ》?

母ちゃんはうんざりしたように首を振る。この子も父さんや兄さんと変わらないってことよ。

ドミニカ男、ってことでしょ、ね?

この三人は他よりたちが悪いの。

後で彼女はミス・ロラの家の前を通りましょうと言う。すると明かりがついてる。

彼女に一言言ってやる、恋人《ムヘロン》は言う。

お願いだからやめてくれ。

言いたいのよ。

彼女はドアを叩く。

本当に、お願いだからやめてくれ。

出てきなさいよ!　彼女が叫ぶ。

誰も出てこない。

そのあと何週間もお前は恋人《ムヘロン》と口を利かない。それは二人の深刻な仲違いの一つだ。でも結局お前たちは二人ともトライブ・コールド・クエストのライブにいて、そしてお前が他の女の子と踊っているのを見た彼女はお前に手を振り、それが功を奏す。お前は彼女がたちの悪い女友達と一緒に坐ってるところまで行く。彼女はまた髪をすべて剃り落としてる。

君、お前は言う。彼女はお前を角まで引っ張っていく。あのときは取り乱しちゃってごめんなさい。私あなたを守りたかっただけなの。

お前は首を振る。彼女はお前の両腕の中に飛び込む。

15

卒業式だ。彼女が来てるのは驚くべきことじゃない。驚くべきなのは、お前がそれを予想してなかったということだ。お前と恋人《ムヘロン》が行列に参加する直前に、赤いドレスを着て一人で立ってる彼女をお前は見る。彼女はついに太り始めてた。前よりも素敵だ。後で、オールド・クイーンズの芝生を一人で横切ってる彼女をお前は見つける。彼女は拾った角帽を持ってる。母ちゃんも別のを握ってる。それを母ちゃんは家の壁に飾る。

その後どうなったかと言えば、ミス・ロラはついにロンドンテラスから引っ越す。家賃が上がり続けているのだ。バングラデシュ人やパキスタン人たちが引っ越してくる。数年後には母ちゃんも引っ越す。北の方、バーゲンラインへだ。

後で、お前と恋人《ムヘロン》の関係が終わってから、お前はミス・ロラの名前をコンピュータで検索するが決して出てこない。ドミニカ共和国への旅行中に一度、お前はラ・ベガまで車で行き、彼女の名前を言って回る。まるで探偵みたいに、彼女の写真も見せる。お前たち二人が写ってる写真だ。サンディーフックの海辺で撮ったやつで、二人とも笑ってる。二人とも瞬きしてる。

浮気者のための恋愛入門

The Cheater's Guide to Love

ゼロ年目

浮気が彼女にバレる（まあ実際には婚約者だが、でもそれはそんなに重要なことじゃない）。彼女が見つけたお前の浮気相手《スシア》が一人とか、二人とかって話もありえただろうが、お前は手に負えないほどひどい浮気者《クエロ》だってのに、ゴミ箱に捨てた電子メールを消しさえしなかったから、彼女は浮気相手を五十人も見つけてしまう！　そうさ、六年間にってことではあるけど、それでもね。五十人の女の子とだって？　まったくもう。もしお前が婚約したのが素晴らしく心の広い白人女性《ブランキタ》だったら、お前も何とかやり過ごせたかもしれない——でもお前が婚約したのは素晴らしく心の広い白人女性《ブランキタ》なんかじゃなかった。お前の彼女はサルセド出身のやっかいな女で、広いナントカなんて何一つ信じてない。実際、彼女がお前に警告し、絶対に許さないと断言してたのは浮気だった。あんたにナタを打ち込んでやるから、彼女は言い切った。そして、もちろん、そんなことしないとお前は誓った。お前は誓った。お前は誓った。

そして浮気した。
数ヶ月間は彼女はお前のそばに居続ける。それは長い長いあいだ二人が付き合ってきたからだ。たくさんのことを二人で切り抜けてきたからだ――彼女の父親の死、お前が大学で終身在職権を得るまでのむちゃな努力、彼女の司法試験（三回目の挑戦で合格した）。そして愛、真実の愛はそんなに簡単には捨てられないからだ。ひどく辛い六ヶ月のあいだ、お前は飛行機でドミニカ共和国に行き、メキシコに行き（お前の友達の葬式だ）、ニュージーランドに行く。『ピアノ・レッスン』が撮影された砂浜を二人で歩く。彼女はずっとそこに行きたがっていた。そして今や後悔のあまりやけになったお前は、彼女をそこまで連れて行く。彼女はその砂浜でも凄まじく悲しみに沈んでいて、輝く砂の上を一人で行ったり来たりし、裸足で冷たい水に入り、お前が抱きしめようとするとこう言う。やめて。彼女は水面から突き出た岩をじっと眺めている。風が彼女の髪を真後ろになびかせる。車でホテルに戻る途中、草木の生い茂る急な坂道を通り抜けているとき、お前はヒッチハイク中の二人を乗せる。二人はカップルで、ひどく酔っていてデタラメで、そのうえ恋に浮わついていて、お前は二人をほとんど車から放り出しそうになる。彼女は何も言わない。後でホテルで泣き出す。

お前は本に載ってる秘策を全部やって彼女を引き留める。手紙を書く。職場まで車で送る。ネルーダを引用する。浮気相手《スシアス》全員に一斉メールを書き、縁を切ると告げる。彼女たちからのメールを拒否する。電話番号を変える。酒をやめる。煙草をやめる。セックス中毒だと主張して会合に出席し始める。父親のせいにする。母親のせいにする。家父長制のせいにする。サントドミンゴのせいにする。セラピストを見つける。フェイスブックをやめる。電子メールのアカウント全部のパスワードを彼女に教える。二人で一緒に踊れるようにと、いつもお前が通うと誓っていたサルサの教室に通い始める。自分は病気だったんだと言い張る。弱ってたんだと言い張る――書かなきゃならない本のせいなんだ！　プレッシャーのせいなんだ！　そしてまるで時計仕掛けのように、一時間おきに本当に悪かったと謝る。お前は全部やってみるが、ある日彼女はただ、ベッドで上半身を起こして言う。もうたくさん。そして、わかったよ。それで、二人でシェアしていたハーレムにあるアパートからお前は出て行かなきゃならなくなる。出て行かなければどうだろうと考える。居座って抗議するのはどうだろうと考える。実際、行かないよ、と言いさえする。でも最後には出て行く。

　しばらくのあいだ、お前はニューヨークをうろつく。まるで招集がかかるのを夢見るプロ野球のダメ選手みたいに。お前は毎日彼女に電話し伝言を残すが、彼女は電話を返さない。お前は心のこもった長い手紙を書くが、彼女は開けずに送り返してくる。お前はまともじゃない時間に彼女のアパートを訪ね、ダウンタウンにある職場を訪ねる。そしてとうとう彼女の妹がお前に電話してくる。いつもお前の味方だった彼女ははっきりとこう言う。もし姉にもう一度接触しようとしたら、裁判所に接近禁止命令を出してもらうからね。

　そんなこと屁とも思わないやつらもいる。

　でもお前はそうじゃない。

　お前はやめる。ボストンに戻る。二度と彼女と会わない。

最初はお前は何でもないふりをする。どっちにせよ、彼女に対しては不満もたくさんあったんだし。そうだ！　彼女はフェラチオしてくれなかったし、頬の産毛は大嫌いだったし、決して陰毛を抜いて処理しようとしなかったし、アパートの掃除もちゃんとしなかった、などなど。二、三週間はお前はそれを信じそうになる。もちろん煙草も再開するし、酒も再開する。セラピストに会うのをやめ、セックス中毒の会合に行くのもやめ、古き良き日々よろしくヤリマンたちと寝てまわる。まるで何も起こらなかったように。

戻ってきたぜ、仲間たちにお前は言う。

エルヴィスが笑う。何だかずっといたみたいな感じだけど。

一週間は大丈夫だ。それから気分が不安定になってくる。ある瞬間には、車に飛び乗って彼女に会いに行こうとする自分を、お前はなんとか抑えなきゃならない。次の瞬間には、浮気相手《スシア》に電話して、君こそ自分がずっと追い求めてた相手だと言う。友達や学生や同僚の前で怒りをこらえられなくなる。彼女が好きだったモンチー・アンド・アレキサンドラを聞くたびに泣いてしまう。

ボストンは、お前が一度も住みたいと思ったことのない街だ。まるで追放先にいるように感じるこの街が、お前にとって深刻な問題になってくる。ここで一日中過ごすことに、深夜に運行しなくなる電車に、住民の憂鬱な顔つきに、四川料理の店が驚くほど少ないことにどうしても慣れることができない。ちょうどそのタイミングで、人種差別的なあれこれの目に遭い始める。ひょっとしたらこういうことはずっとあったのかもしれない。ひょっとしたらニューヨークに住んだあと、お前はこういうことに敏感になっているのかもしれない。白人たちは信号で車を止めると、ひどい怒りをこめてお前を怒鳴りつける。まるでお前の車に母親をひかれかかったように。それはものすごく恐ろしい。いったい何が起こっているのかもわからないうちに、彼らはお前に中指を突き出し、急発進して走り去る。それが何度も何度も起こる。店では警備員が付いてきて、ハーバード大学の敷地に入るたびに身分証明書を見せろと言われる。三回も、酔った白人野郎が違う場所でお前に喧嘩をふっかける。

お前はこうしたこと全てを個人攻撃だと見なす。この街に誰かが爆弾でも落としたらいいのに、とお前はわめく。だから有色人は誰もここに住みたがらないんだよ。うちの黒人とラティーノの学生はみんなできるだけ早くこの街を出るんだよ。

エルヴィスは何も言わない。彼は生まれも育ちもジャマイカプレイン（ボストンにある歴史的な一角。清教徒たちが一六三〇年に農地とした）で、嫌な街だという評価からボストンを守ろうとするのは、弾丸を食パン一枚で弾き返そうとするようなもんだと知ってる。お前大丈夫か？　彼はついに訊ねる。

最高さ、お前は言う。かつてないほどな《メホル・ケ・ヌンカ》。

でも全然大丈夫じゃない。お前は、ニューヨークにいる二人共通の友人をすべて失った（みんな彼女の側についた）。こうなってしまってからは、母ちゃんもお前と口をきこうとはしない（お前より婚約者の方が好きだったのだ）。そしてお前はひどい罪悪感とひどい孤独感に苛まれる。お前は彼女宛の手紙を書き続ける。いつか彼女に手渡せる日を待ちわびながら。でも同時に、誰とでもヤリまくり続ける。感謝祭は自分のアパートで過ごすはめになる。母ちゃんには合わせる顔がないし、他人に親切にしてもらうなんて、考えただけで腹が立つからだ。元カノ、お前は今や彼女をそう呼んでいるのだが、彼女はいつも料理を作ってくれた。七面鳥、鶏、豚の腿肉《ペルニル》。そして手羽先の部分を全部お前のために取っておいてくれた。その夜お前は飲み過ぎて前後不覚になる。回復するのに丸二日かかる。

お前はこれが底だと思う。だが間違ってる。最終試験のあいだ、お前は鬱に完璧にやられてしまう。あまりにひどくて、こんな状態には名前なんてつけられないだろうと思うくらいだ。お前の分子一つ一つがゆっくりとペンチで引き剝がされていくように感じる。

お前はジムに行ったり飲みに行ったりするのをやめる。髭を剃るのをやめ、服を洗うのをやめる。実際には、ほとんどすべてやめてしまう。友人たちはお前を心配し始める。そんなに心配するようなタイプじゃないのに。おれは大丈夫、お前は友人たちに言うが、一週ごとに鬱はひどくなっていく。お前はそれを言葉で表そうとする。誰かに心の中に飛行機を一機ぶち込まれたみたいだ。二機ぶち込まれたみたいだ。エルヴィスはお前のアパートで、シバのようにあぐらをかいて坐る。お前の肩を叩き、まあ焦るなと言う。四年前バグダッド郊外の幹線道路でハンヴィーが爆発し、エルヴィスは下敷きになった。燃える残骸に押さえつけられたまま、一週間とも思えるくらいずっと動けなかった。だからエルヴィスは痛みについてちょっとはわかってる。背中と尻と右腕の傷痕はあまりにひどくて、いつもは冷静なお前すらその部分は見られない。呼吸しろよ、とエルヴィスはお前に言う。お前はまるでマラソン走者みたいに絶え間なく呼吸するが、全然良くならない。お前の短い手紙はどんどん情けなくなる。お前は書く。お願いだ、お願いだから戻ってきてくれ。お前は夢を見る。彼女が昔みたいにお前にしゃべってくれる——シバオ訛りの素敵なスペイン語で、怒りも失望も全くなしで。そしてお前は目を覚ます。

お前は眠るのをやめる。そしてある晩酔って一人でいるとき、五階にあるお前のアパートの窓を開けて道に飛び下りたいというイカれた衝動にかられる。もしいくつかのことがなかったら、お前はそうしていたかもしれない。でも（a）お前は自殺するようなタイプじゃない。（b）友達のエルヴィスがしっかりとお前を見張ってる——やつはずっとここに来ていて、お前の考えをわかってるみたいに窓のそばに立ってる。（c）それにいつか彼女が許してくれるんじゃないかというバカげた希望をお前は抱いてる。

彼女は許してくれない。

二年目

お前はどうにか二つの学期を乗り切る。クソみたいな状態が延々と続いて、ついに狂気が和らいでくる。人生最悪の熱病から回復したみたいだ。お前は元の自分には戻りはしないが（ワッハッハ！）、窓のそばに立ってもおかしな衝動には負けそうにならなくなる。ここが出発点だ。不幸にも、お前は二十キロ太った。どうしてそうなったかわからないが、とにかくそうなったのだ。もはやはけるジーンズは一本だけで、スーツは一着も体に合わない。お前は彼女の古い写真を全部捨てる。まるでワンダーウーマンみたいな姿にさよならを言う。お前は理髪店に行き、永遠とも思える期間のあと初めて頭を剃り、あごひげを整える。

もう大丈夫だな？　エルヴィスが訊ねる。

大丈夫だ。

信号機のところで白人のおばあちゃんがお前を見て叫び声を上げるが、彼女が行ってしまうまでお前は目を閉じたままでいる。

他の女の子を見つけろよ、エルヴィスは勧めてくれる。やつはそっと娘を抱いてる。釘は《クラボ・サカ・》別の釘《クラボ》で抜けって言うだろ。

何も別の何かじゃ抜《サカス》けないよ、お前は答える。彼女みたいな女の子は他にいやしない。

わかった。でもとにかく女の子を見つけろよ。

エルヴィスの娘が生まれたのはその年の二月だった。もし男の子だったら、エルヴィスはイラクって名前を付けようとしてたの、彼の奥さんが言う。

そんなの冗談に決まってるだろ。

トラックを整備しているエルヴィスのほうに奥さんは目をやる。本気よ。

エルヴィスは娘をお前にも抱かせてくれる。お前もドミニカ人のイカした子を見つけろよ。

お前はおぼつかない様子で赤ん坊を抱く。元カノは子供がほしいとは全然言わなかったが、別れる少し前にお前に精液のテストを受けさせた。最後の最後になって彼女の気が変わったときに備えてだ。お前は唇を赤ん坊の腹にくっ付けて息を吐く。そもそもそんな子いるのかな？

少なくともお前には一人いただろ。

確かにそうだ。

お前は改心する。昔からの愛人《スシアス》全員と別れるのだ。長く続いたイラン人の女の子とさえ別れてしまう。婚約者がいたあいだもずっと彼女とはヤってきたのに。お前は心機一転したいと思っている。それには少々の時間がかかる——なんと言っても、なじみの女たちとヤルことぐらい、捨てるのが難しい習慣はない——でも最後にはきれいさっぱり整理がついて、お前はすっきりした気分になる。何年も前にこうしておけばよかったよ、お前は言い放つ。すると女友達のアーレニーは、あきれたように目をぎょろつかせる。アーレニーは今まで（ありがたいことに、と彼女は言うのだが）お前と付き合おうとしたことはただの一度もない。お前が待つのは、そうだな、悪いエネルギーが消えてしまうまでの一週間ぐらいで、それからまたデートを始める。まるで普通の人みたいにな、お前はエルヴィスに言う。その言葉に嘘はない。エルヴィスは何も言わず、ただ微笑む。

最初のうちは大丈夫だ。お前は女の子たちの電話番号を手に入れるが、連れて帰って家族に会わせたいと思うような子はいない。でも初期の盛り上がりが終わると、今度はまるで干上がってしまう。単なる干ばつなんてもんじゃない。まさにアラキーン（フランク・ハーバート作「デューン」シリーズ中の架空の星の都市名）だ。お前はずっと出歩いているが、誰も食いつく様子はない。ラテン系の男が大好きよと断言する女の子たちでさえも。お前がドミニカ人だと告げると、ありえない、といきなり言い放って全速力で玄関のドアに向かう子までいる。マジで？　お前は言う。自分の額には何か秘密の印が付いてるんじゃないかとお前は考え始める。こうしたクソ女たちは知ってるんじゃないかと。

焦っちゃだめだ、エルヴィスは言う。スラム街の物件を管理している大家に彼は雇われていて、集金の日にはお前を連れて行くようになる。お前は助手としてすごく優秀だと判明する。家賃を滞納してるやつらがお前の憂鬱な顔つきをチラリとでも見ると、すぐさま金を払おうとするのだ。

一月経ち、二月経ち、三月経ってようやく希望が見えてくる。彼女の名前はノエミで、バニ出身のドミニカ人だ――どうやらマサチューセッツ州では、ドミニカ人はみんなバニ出身らしい――そしてソフィアズが閉店する数ヶ月前に、お前はそこで彼女と出会う。そこが閉店したせいで、ニューイングランドのラティーノ系コミュニティはすっかりダメになってしまった。ノエミは元カノの半分も魅力的じゃないけど、ひどくもない。彼女は看護師で、エルヴィスが背中の痛みを訴えると、考えられる理由を全て挙げ始める。彼女は大柄で、信じられないくらい肌がきれいで、いちばん良いのは全然飲まないところ《ダズント・ドリンク》だ。それに優しそうだ。彼女はいつもにこにこしていて、不安なときは、何か話して、とお前に言う。悪い点はと言えば、いつも働きっぱなしで、ジャスティンという名前の四歳の息子を抱えていることだ。ノエミはお前に息子の写真を見せてくれる。彼女が気をつけていないと、女性を孕《はら》ませてしまいそうな顔をしている。息子の父親はバニ出身《バニレホ》で、ほかの四人の女性とのあいだに一人ずつ子供がいる。で、そんなやつと付き合うのもいいかもなんて思ったのはどうして？　お前は言う。私、バカだったのよ、彼女は認める。彼とはどこで出会ったの？　あなたと会ったのと同じ場所、彼女は言う。こりゃダメだ。

普通だったらここで撤退だが、ノエミは人柄がいいだけじゃなくて、すごく色っぽい。いわゆるセクシーママの一人で、お前がこんなに興奮するのは一年以上ぶりだ。フロア係がメニューを探すあいだ、彼女のそばに立っているだけでお前は勃起してしまう。

彼女は日曜日は一日休みで――例の五人の子の父親がジャスティンの世話をしてくれる。あるいはもっと正確に言えば、その日はやつとやつの新しい彼女がジャスティンの世話をしてくれる。

お前とノエミの行動パターンは決まってくる。土曜日にお前はノエミを夕食に連れ出し——彼女は変わったものを食べる気は少しもなくて、いつもイタリアンだ——そしてそのまま彼女はお前の家に泊まっていく。

彼女のオマンコ《トト》はどれぐらい良かった？　ノエミが初めて泊まっていったあとでエルヴィスは訊ねる。

良いも何もない。だってノエミはヤラせてくれなかったんだから！　三回連続で土曜の夜に彼女は泊まり、三回連続で何もない《ナダ》。ちょっとキスして、ちょっと触れあって、それだけだ。彼女は自分の枕を持ってくる。高価な低反発のやつだ。自分の歯ブラシも持ってくる。そして日曜の朝、全部持って帰ってしまう。出て行くとき、ドアのところでお前にキスをする。あまりに純潔で、あまりに見込みがないとお前は思う。

オマンコ《トト》なし？　エルヴィスは少し動揺したようだ。

オマンコ《トト》なし。お前は認める。いったい何なんだ、おれは小六かよ？

我慢すべきだとお前はわかっている。彼女はお前を試してるだけだとわかってる。たぶん彼女はヤリ逃げタイプの男相手にたくさん嫌な思いをしてきたんだろう。代表例は——ジャスティンの父親だ。でもお前はいらだつ。仕事もなく、教育もなく、何にもないゴロツキ野郎にはヤラせといて、お前には火の輪くぐりをさせてるんだから。実際、お前は激怒してしまう。

これからも私たち付き合っていくよね？　第四週に彼女は訊ねる。そしてお前は、もちろん、と言いかけるが、突然愚行に走ってしまう。

それはどうかな？　お前は言う。

どうかなって何よ？　彼女は瞬時にガードを固くし、そのことにお前はよりいらだつ。あのバニ《バニ》出身《レホ》のクソ野郎にコンドームなしでセックスさせたとき、そのガードはどうなってたんだよ。そろそろおれにヤラせてくれるつもりかどうかによるってこと。

ああ、なんて上品な発言だろう。それを言うやいなや、自分はもうお終いだとお前は気付く。ノエミは黙り込む。そして言う。あなたが喜ばないようなことを言い出す前にこの電話を切らせて。

ここが最後のチャンスなのに、許しを乞う代わりにお前は叫ぶ。わかった、わかったよ。

一時間以内に彼女は自分のフェイスブックからお前を削除する。お前は試しにメッセージを送るが返事はない。

何年かあと、ダドリー・スクエアでお前は彼女を見かけるが、彼女はお前を知らないふりをする。お前も無理に話しかけない。

上出来じゃないか、エルヴィスは言う。いいぞ。

お前たち二人はコロンビアテラス近くの公園でエルヴィスの娘が遊び回るのを見ている。エルヴィスは慰めようとしてくれる。彼女には子供もいたしな。たぶんお前には合わなかったんだよ。たぶんんな。

こんなちっぽけな別れにもいちいちお前が落ち込んでしまうのは、別れるたびに元カノのことを考えるはめに陥るからだ。お前はまっすぐ鬱状態に逆戻りする。今回はそのまま六ヶ月のたうち回り、ようやく世間に戻ってくる。

なんとか回復したあと、お前はエルヴィスに言う。しばらく女とは付き合わないほうがいいと思うんだ。

で、何するつもりだよ？

当面は自分のことに集中するつもりだよ。

いい考えね、エルヴィスの妻が言う。それに、出会いって探してないときにかぎってやって来るものだしね。

みんなそう言うんだよな。そう言うほうが、最悪の状況だなとか言うより楽だからな。

最悪の状況だな、エルヴィスは言う。どうだ、気分良くなったかい？

いや、あんまり。

歩いて家に帰る途中、ジープが轟音を立てて通り過ぎる。運転手がお前に、このターバン野郎と叫ぶ。以前愛人《スシア》だった一人がインターネット上でお前についての詩を発表する。名前は「クソ《エル・》野郎《プト》」だ。

三年目

お前は女の子を捜すのをやめる。仕事に、そして書くことに戻ろうとする。小説を三つ書き始める。野球選手《ペロテロ》についてのやつと、麻薬密売人《ナルコ》についてのやつと、パーティ好き《パチャテロ》についてのやつだ——そして全部失敗する。授業に真面目に取り組み始め、健康のために走り始める。昔走っていたことがあるし、頭を空っぽにできる何かが必要だとお前は思う。そうしたものをすごく欲していたに違いない。一度調子が出てくると、週に四回、五回、六回と走るようになる。お前の新たな中毒だ。お前は朝走り、夜遅く走る。チャールズ川の辺りの歩道にはもう誰もいない時間に。あまりに激しく走るので、このまま心臓が停まるんじゃないかと思ったりする。冬がやってくると、お前は心の片隅で、もう走れないんじゃないかと恐れる——ボストンの冬の寒さはまるでテロだ——でもお前は何より走ることを欲していて、そのまま走り続ける。木々の葉が全部落ちても、歩道に誰もいなくなっても、寒さが骨まで染み通っても。間もなく、走っているのはお前と数人の変わり者だけになる。もちろんお前の体は変わってくる。酒と煙草で付いた肉は落ち、脚は別人のみたいになる。元カノのことを考えるたびに、孤独がまるで、沸き立ち燃え上がる大陸みたいに頭をもたげるたびに、お前は靴紐を結び、歩道を走る。すると気分が良くなる。本当に良くなる。

冬の終わりには朝の常連たちを全員見分けられるようになる。なかには、お前に希望を抱かせてくれる女の子すらいる。彼女とは週に二度ほど擦れ違う。彼女を見るとほれぼれする。本当にガゼルそのものだ——なんて無駄がないんだ、なんて素敵な足の運びなんだ、なんてすごい身体《クエルパソ》をしてるんだ。彼女はラテン系っぽい顔立ちをしているが、お前のレーダーはしばらく電源を切ってたから、もしかしたら彼女は黒人《モレナ》かもしれない。お前が通りかかると、彼女はいつもお前に微笑みかける。彼女の真ん前で倒れてみようかとも思う——脚が！　脚が！——でもそれは凄まじく悪趣味《クルシ》だと考える。街で偶然彼女と出くわさないかな、とお前は期待する。

絶好調で走り続けたあと、六ヶ月目に右足が痛み出す。土踏まずのあたりがヒリヒリして、数日休んでも痛みがひかない。やがて、走っていないときも足を引きずるようになる。救急の窓口に行ってみると、登録看護師の男が親指で押してきて、お前が身悶えするのを見ると、これは足裏の筋膜炎だと告げる。

それがなんだかお前にはわからない。いつまた走れますか？

彼はお前にパンフレットを渡して言う。治るのに一ヶ月かかることもあります。六ヶ月かかることもあります。一年かかることもあります。彼はそこで一瞬黙る。それ以上かかることもあります。

それを聞いてお前はすごく悲しくなり、家に帰って明かりも点けずベッドに横になる。お前は怖いのだ。またあの穴蔵には戻りたくないよ、お前はエルヴィスに言う。じゃ戻るな、彼は言う。お前は頑固者のごとく走り続けようとするが、痛みは激しくなるばかりだ。ついにお前は諦める。靴をしまい込む。遅くまで寝過ごす。他の人たちが歩道を走っているのを見ると目を逸らす。スポーツ用品店の前で自分が泣いているのに気付く。ふいにお前は元カノに電話をするが、もちろん彼女は出ない。彼女が電話番号を変えていないということに、お前は奇妙な希望を抱く。彼女が他の男と付き合い始めたって噂を聞いたのに。その噂では、彼は彼女にものすごく良くしてあげてるらしい。

エルヴィスはお前にヨガを試してみてはと言う。セントラル・スクエアで習える、ビクラムヨガっぽいやつだ。凄まじくいい女たちが来てるらしい、彼は言う。トン単位でいるらしいよ。お前は今はいい女たちをどうこうっていう気分じゃなかったが、ここまでに築いてきたスポーツの習慣を無くしてしまうのは嫌だったから、ヨガを試してみることにする。ナマステうんぬんはどうでもいいが、お前はヨガにはまり込み、すぐにクラスの上級者たちと一緒にヴィンヤーサをするようになる。エルヴィスは確かに正しかった。凄まじくいい女たちがいて、みんな尻を宙に持ち上げていたが、誰もお前の目は引かない。すごく小柄な白人女性《ブランキタ》がお前としゃべろうとする。クラスにいる男でお前だけ決してシャツを脱がないことに彼女は魅了されたらしい。でも彼女の田舎じみた笑顔からさっと逃げ出す。白人女性《ブランキタ》相手に何するっていうんだい？

ヤリまくればいいだろ、エルヴィスは提案する。

金玉を口に突っ込んでやれよ、友達のダーネルも賛成する。

付き合ってあげてもいいんじゃない、アーレニーが勧める。

でもお前はどの言葉にも乗らない。ヨガのクラスが終わると、お前はすぐにマットを拭き、彼女もそれで悟る。もうお前には話しかけて来ないが、ときどき練習のあいだ、彼女はうっとりとした目でお前を見る。

お前はすっかりヨガに取りつかれてしまい、やがてどこへでもマットを持って行くようになる。もはや元カノがアパートの前で待っているんじゃないかという妄想は抱いていないが、それでもまだ、ときどきは元カノに電話して、留守電に切り替わるまで待ちはする。

お前は八〇年代風の世界終末小説をついに書き始める。「ついに書き始める」とはつまり、一段落だけ書いたって意味だ――そして突然湧き上がった自信に満ちて、若い黒人女性《モレナ》と付き合い始める。イノーマス・ルーム（ケンブリッジに二〇一一年まであったクラブ）で出会ったハーバード法科大学院の学生だ。彼女の歳はお前の半分で、十九歳で大学を卒業した大天才で、ものすごく美人だ。エルヴィスとダーネルは賛成する。最高だね、二人は言う。アーレニーは反対する。彼女、とっても若いんでしょ？　そうだ、彼女は本当に若くて、お前は彼女と激しくセックスする。そして行為のあいだ、二人は命がけで抱き合う。でも終わると、まるで自分を恥じているように、お前たちは体を引き剥がす。ほとんどのあいだ、お前は彼女に同情されてるんじゃないかと考えている。彼女はお前の知的なところが好きだというが、彼女の方が賢い以上、その言葉は疑わしい。彼女が好きなのは、どうやらお前の体のようで、手で触れずにはいられないという感じだ。私、またバレエを始めるべきね、お前の服を脱がせながら彼女は言う。そしたら出てるところも引っ込んじゃうよ、お前が言うと彼女は笑う。わかってる、ジレンマよね。

すべてはうまくいっている。素晴らしくうまくいっている。そして太陽礼拝ポーズの最中に腰がグキッとなって、ポン——まるで突然の停電みたいだ。全身の力が抜け、お前は横になるしかない。先生は言う。そうね、必要なら休んでください。クラスが終わると、お前は例の小柄な白人の女の子に助けてもらってようやく立ち上がる。どこかまで連れて行ってほしい？ 彼女は訊くが、お前は首を振る。自分のアパートに戻る足取りはまるでバターン死の行進みたいだ。プラウ・アンド・スターズのところでお前は一時停止の標識に寄りかかり、携帯でエルヴィスを呼ぶ。彼はセクシー女を従えて一瞬で到着する。彼女は生粋のケンブリッジ生まれのカボヴェルデ人だ。二人は今までセックスしてたみたいに見える。誰？ お前が訊くとエルヴィスは首を振る。救急の窓口までお前を引きずって行く。医者が現れるころには、お前は老人みたいに背中を丸めている。

椎間板が砕けているようですね、彼女は告げる。

なるほど、お前は言う。

お前はまる二週間ベッドで過ごす。エルヴィスは食べ物を持って来て、お前が食べているあいだそばに坐っている。カボヴェルデ人の女の子の話をする。彼女のオマンコは最高なんだ、彼は言う。まるで熱いマンゴーにチンポコを突き立ててるみたい。

お前はその話を少しばかり聞いたあと言う。で結局おれみたいになるなよ。

エルヴィスはニヤリと笑う。そんな、誰もお前みたいになるわけないだろ、ユニオール。お前は生粋のドミニカ生まれなんだから。

エルヴィスの娘がお前の本を次々と床に投げる。お前は気にしない。もしかしたらこうしながらこの子は読書に興味を持つのかもな、お前は言う。

さて、今やお前の足も、腰も、心もダメになった。もう走れないし、ヨガもできない。お前は自転車を試してみる。アームストロングみたいになれるんじゃないか。でも腰が痛くなってしまう。だからウォーキングだけにする。毎朝一時間歩き、毎晩一時間歩く。頭に血が上ったり、肺が引き裂かれたり、身体組織に大きな衝撃を受けたりはしない程度の運動だが、それでも何もしないよりはましだ。

一ヶ月後、法科学生はお前と別れ同級生と付き合いだす。素敵な関係だったけど、もっと現実的にならなきゃいけないころよ、とお前に告げる。つまりこういう意味だ。老いぼれとヤリ続けるのはやめなきゃね。あとでお前はハーバード・ヤードで、同級生といる彼女を見かける。彼はお前より肌の色が明るかったが、それでも疑問の余地なく黒人だ。身長三メートルくらいに見えるし、まるで解剖学入門に出てくるような体格だ。二人は手を繋いで歩いていて、彼女があまりに幸せそうなので、彼女をねたまないでいられる場所を、お前は心の中に見つけなきゃならない。二秒後、警備員が近づいて来て身分証明書を見せろとお前に言う。次の日、自転車に乗った白人のガキがダイエットコークの缶をお前にぶつけてくる。

授業期間が始まり、その頃にはいくつもの四角に割れていた腹筋の盛り上がりは消えてしまっている。まるで小さな島々が、満ちてきた脂肪の海に飲み込まれたようだ。お前は期待を込めて新任の講師陣をざっと見回すが、全然ダメだ。お前はテレビをたくさん見る。時々エルヴィスも付き合ってくれるのは、家でマリファナを吸うのを奥さんが許してくれないからだ。今ではエルヴィスがヨガを始めていて、かつてのお前と同じようにはまり込んでいる。いい女もいっぱいいるぜ、彼は言い、ニヤリと笑う。こいつのことを憎まずにいられたら、とお前は思う。

カボヴェルデ人の女の子はどうなった？

カボヴェルデ人って誰？　彼は素っ気なく言う。

お前は少々進歩する。腕立てと懸垂を始め、以前のヨガのポーズすらいくつかやってみる。もちろんすごく注意しながらだ。何人かの女の子と夕食に行く。その一人は既婚者で、三十代後半にしてはきれいだ。いわゆるドミニカの中産階級女性である。お前と寝てもいいなと彼女が考えているのがわかって、スペアリブを食べている間中、お前は裁判を受けてるような気分になる。サントドミンゴではあなたとこんなふうには絶対に会えないでしょうね、すごく寛大な感じで彼女は言う。彼女のほとんどすべての発言は「サントドミンゴでは」で始まる。彼女は経営学大学院に一年通うためにここにいて、ボストンについてあまりにまくし立てるせいで、ドミニカ共和国が恋しくてしょうがないこと、他の場所になど決して住むつもりはないことがわかる。

ボストンはすごく人種差別的な街なんだ、お前はそう手ほどきしてやる。

気は確かなの、という顔で彼女はお前を見る。ボストンは人種差別的なんかじゃないわよ、彼女は言う。サントドミンゴにおける人種差別についても一笑に付す。

じゃドミニカ人は近ごろじゃハイチ人が大好きだって言うのかい？

それは人種とは関係ないでしょ。彼女は全部の音節をはっきり発音しながら言う。それは国籍の問題よ。

もちろんお前たちは結局ベッドを共にすることになる。彼女とのセックスは悪くない。彼女が絶対に絶対にイカないことと、旦那の悪口を延々と言い続けることを除いては。想像がつくと思うけど、彼女は人から奪うタイプだ。そしてお前はボストンの街やその郊外まで彼女を連れ回ることになる。ハロウィーンのときのセーレムや週末のコッド岬にだ。彼女と一緒いると、誰もお前に車を路肩に寄せろとも言わないし、身分証明書を見せろとも言わない。二人でどこへ行っても彼女は写真を撮るが、お前を写すことは決してない。お前がベッドで寝ているあいだ、彼女は子供たちに絵はがきを書く。

その学期が終わると彼女は帰国する。私の国で、あなたのじゃない、彼女はいらついて言う。お前がドミニカ人じゃないことを彼女はいつも証明しようとする。おれがドミニカ人じゃなかったら誰がそうなんだよ、お前は言い返すが、彼女はその言葉を聞いて笑う。じゃいまのスペイン語で言ってみなさいよ、彼女が要求してくるが、もちろんお前は言えない。最後の日、お前は空港まで彼女を車で送る。『カサブランカ』に出てくる激しいキスなどない。ただ笑顔とちょっと大げさな抱擁があるだけだ。まるで二度と取り戻せない何かのように、彼女の作り物の胸がお前に当たる。手紙をくれよ、お前は言う。もちろん《ポル・スプエスト》、彼女は言うが、もちろん二人とも手紙など書かない。結局お前は彼女の連絡先を電話から消すが、彼女の写真は消さない。ベッドの中で裸の彼女が眠っている写真は決して。

四年目

　結婚式の招待状が元愛人《スシアス》たちから郵便で届き始める。この暴力的狂乱《バサーケリア》をどう説明したらいいのかお前にはわからない。なんじゃこりゃ、お前は言う。アーレニーに連絡を取り、どう思うか聞いてみる。彼女は招待状をひっくり返す。これってオーツ（作家ジョイス・キャロル・オーツのこと）が言ったあれじゃない。最高の復讐とは、あなたなしに幸せになることだ、って。ホール・アンド・オーツ（アメリカの男性デュオ歌手）が何だってんだ、エルヴィスが言う。このクソ女たちはおれたちこそクソ野郎だと思ってるんだよ。こうしたやっかいごと《バイナ》なんておれたちにとっちゃ屁でもない、みたいに思ってるのさ。彼は招待状をじっと見る。おれの気のせいかもしれないけど、地球上のアジア系の女は全員白人と結婚するもんなのかい？　そういうのって遺伝子か何かに書き込まれてんのか？

　その年お前の腕と脚に問題が起こる。ときどき痺れてしまうのだ。まるでドミニカでよくある電圧低下みたいに、感覚が消えたり戻ったりする。それは奇妙なチクチク感だ。なんじゃこりゃ？　お前は思う。このまま死ななきゃいいけど。たぶんトレーニングし過ぎなんじゃないか？　エルヴィスが言う。でも全然トレーニングなんてしてないよ、お前は言い返す。たぶんただのストレスでしょう、救急の看護師がお前に言う。手を曲げながら、心配しながら、そうだといいなとお前は思う。本当にそうだといいなと思う。

三月にお前は飛行機でサンフランシスコに行き講演する。でもうまくはいかない。教授にむりやり言われて来た学生以外ほとんどいないのだ。そのあとお前は一人で韓国人街に向かい、腹が爆発しそうになるまでカルビをドカ食いする。二時間ほどドライブして回り、少し街の雰囲気に慣れる。この街には二人ほど友達がいるが、お前は電話しない。やつらが昔のことしか話したがらない、元カノのことしか話したがらないとわかってるからだ。この街には一人愛人《スシア》もいて、結局お前は電話をするが、お前の名前を耳にした瞬間、彼女はプツッと切る。

ボストンに戻ると、あの法科学生がお前のアパートのロビーで待っている。お前は驚き、興奮し、少々警戒もする。どうしたんだい？

まるで低俗なテレビ番組みたいだ。彼女が玄関ロビーにスーツケースを三つ並べていることにお前は気付く。そしてもっとよく見てみると、彼女のおかしなくらいペルシャ風の目は泣いて赤くなっていて、マスカラを塗ったばかりだ。

妊娠したの、彼女は言う。

はじめお前はよく理解できず、冗談を言う。で？

ひどい人。彼女は泣き始める。たぶん、あなたのクソガキなのよ。

驚くようなことが起こり、また驚くようなことが起こり、そしてこれだ。

何て言っていいのか、どうしていいのかお前にはわからない。だから彼女を部屋まで連れて行く。背中や足や痺れる腕を無視して、スーツケースを引っ張り上げる。彼女は何も言わず、ハワード大学のセーターを着た胸に、自分の枕を抱いているだけだ。彼女は南部出身の女の子で、最高に背筋が伸びていて、彼女が坐ると、まるでお前にインタビューしようとしてるみたいだ。お茶を出してからお前は訊ねる。で産むの？

もちろん産むつもりよ。

キマチはどうなったの？

彼女は理解できない。誰のこと？

君のケニア人さ。お前は彼氏という言葉を使えない。

私を捨てたの。自分の子供じゃないって知ってるから。彼女はセーターに付いた何かをいじってる。荷物出してもいい？　お前はうなずき、彼女を見る。彼女は尋常じゃないほどきれいな女の子だ。お前は古いことわざを思い出す。きれいな女の子を連れて来な、そしたら彼女とヤリ飽きたやつを見つけて連れて来るから。でもおれは彼女とヤリ飽きるとは思えないけどな、お前は思う。

でも彼の子供かもしれないんだろ？

あなたの子供よ、わかった？　彼女は叫ぶ。そんな子欲しくないと思ってるのはわかるけど、でもあなたの子なの。

自分の心が虚ろなことにお前は驚く。熱狂したらいいのか、彼女を支えようとしたらいいのかわからない。お前は薄くなってきた髪の剃りあとを手で撫でる。

私はここにいなきゃならないの、しばらくして彼女はお前に言う。二人で気まずいセックスをどうにかやり抜いた後にだ。他に行くところがどこにもないのよ。実家にも帰れないし。

いきさつを何もかもエルヴィスに話しながら、こいつは途中でブチ切れて、彼女を追い出せと命令してくるんだろうなとお前は思っている。その反応を恐れているのは、彼女を追い出す勇気が自分にはないとわかっているからだ。

でもエルヴィスはブチ切れない。お前の背中を叩き、嬉しそうに笑う。そりゃすげえな、お前。

すげえって何がだよ？

だって父親になるんだぜ。息子ができるんだろ。

息子？　何言ってんだ？　おれの子供だって証拠もないしさ。

エルヴィスは聞いてない。心の中で何かを思い微笑んでいる。話の聞こえるところに妻がいないことを確認する。おれたちが最後にドミニカに行ったときのこと覚えてるか？

もちろんお前は覚えていた。三年前のことだ。お前以外、全員とても楽しそうだった。お前は激しい落ち込みの真っ最中だった。つまり、ほとんどの時間を一人で過ごしたってわけだ。海で仰向けに浮き続け、バーで酔っぱらい、誰も起きてこないうちに早朝の海辺を散歩した。

それがどうかしたのか？

あのな、旅行のあいだに女の子を孕ませたんだ。

本気で言ってんのかよ？

エルヴィスはうなずく。

孕ませた？

エルヴィスはまたうなずく。

で彼女産んだのか？

彼は携帯をいじくる。小さくて完璧な男の子の写真を見せてくれる。今まで見たことないくらいドミニカ風のかわいい顔をしている。

これがおれの息子だ。エルヴィスは誇らしげに言う。エルヴィス・ハビエル・ユニオール。

お前、本気で大丈夫だと思ってるのか？　もし奥さんに見つかったら……。

エルヴィスはちょっとムッとしながら胸を張る。あいつにはわかんないって。

お前はとりあえず何も言わない。お前たちが陣取っているのはエルヴィスの家の裏手で、セントラル・スクエアに近い。夏のあいだはこの界隈は何やかやでざわついているが、今日はカケスが他の鳥を追い回す音しか聞こえない。

赤ん坊は金がかかるぜ。エルヴィスはお前の腕を拳で叩く。だからさ、破産する心の準備をしとけよ、と冗談を言う。

アパートに戻ると、法科学生は自分の荷物でクローゼット二つと洗面台の大部分を占拠している。そして最も重要なのは、彼女がベッドの使用権を主張しているということだ。そしてソファにシーツを掛け、枕を置いている。お前のために。

何だよ、おれもベッドに寝ちゃいけないってのかい？

私の体によくないから、彼女は言う。だってストレスが多すぎるでしょう。私、流産したくないの。

その理屈を言い負かすことはできない。お前の腰はソファで寝ることには耐えられない。だから朝起きると、かつて経験したことのないほどの痛みをお前は感じる。

ハーバード大学に来て妊娠するなんて有色人のクソ女だけだ。白人女はそんなことしない。アジア系の女はそんなことしない。黒人とラテン系の女だけだ。何でわざわざがんばってハーバード大学に入ったあげく孕ませられてんだ？　そんなこと自分の町内にずっといたってできるだろ。

と、お前は日記に書く。次の日授業をして家に戻ると、法科学生は日記のノートをお前の顔に投げつける。あんたなんか大っ嫌い、彼女は泣き叫ぶ。あんたの子供じゃなかったらいいのに。あんたの子供で、脳みそが足りなかったらいいのに。

　何でそんなこと言えるんだよ？　お前は訊ねる。そんなこと、どうしたら言えるんだよ？

　彼女は台所に行き、コップに酒を注ぐ。お前は思わず彼女の手から酒の瓶をもぎ取り、中身を流しに捨てる。こんなのバカみたいだよ、お前は言う。低俗なテレビ番組よりひどい。

　まる二週間彼女はお前と口をきかない。お前は研究室かエルヴィスの家でできるだけ過ごす。お前が部屋に戻ると、いつも彼女はノートパソコンをパタンと閉じる。別に詮索しようなんて思ってないよ、お前は言う。でも彼女はお前が行ってしまうのを待っていて、それからやっと今まで打っていた何かをまた打ちだす。

　自分の子供の母親を追い出しちゃいけないだろ、エルヴィスはお前をさとす。子供の人生がめちゃくちゃになるぞ。それに悪いカルマを得ることにもなる。とにかく子供が生まれるまで待てよ。そのころには彼女のほうも心の整理が付くだろ。

　一ヶ月経つ。二ヶ月経つ。お前は他の誰にも言えない。この……何だろう？　良い知らせ？について。アーレニーなら部屋につかつかと入ってきて彼女の尻を蹴り上げ、路上に追い出すだろうことはわかってる。お前の背中は痛くてたまらないし、腕の痺れはいつものことになってきた。アパートで唯一ひとりきりになれるバスルームでシャワーを浴びながら、お前は小声で囁く。地獄だよ、ネトリー。おれたちは地獄にいるんだよ。

後になれば、こうしたことすべては高熱にうなされて見るひどい夢みたいに思えるようになるが、その真っ最中は物事がすごくゆっくり進むし、すごくリアルに感じられる。お前は彼女を病院の検診に連れていく。彼女にビタミン剤やら何やらを飲ませる。ほとんどすべての支払いをする。彼女は自分の母親とは口をきかないから、話し相手は二人の友達だけで、二人はお前のアパートにお前並みに居着く。二人とも混血児のアイデンティティ危機支援団体に属していて、お前を冷ややかな目で見る。お前は彼女の態度が和らぐのを待つが、彼女は距離を取り続ける。彼女が眠っているあいだ、お前は仕事をしようとしながら、どういう子供が生まれるんだろうと物思いに耽る日もある。男の子だろうか、女の子だろうか、賢いのか内気なのか。お前に似てるのか彼女に似てるのか。

もう名前は考えたの？　エルヴィスの奥さんが訊ねる。

まだ。

女の子ならタイナね、彼女は提案する。で男の子ならエルヴィス。彼女は夫をからかうような目で見て笑う。

おれは自分の名前が気に入ってるんだ、エルヴィスが言う。うちに男の子が生まれたら同じ名前にするつもりさ。

絶対ダメよ、奥さんが言う。それに、お腹のかまどはもう閉店です。

夜お前が眠ろうとしていると、寝室の開いているドアから彼女のコンピュータ画面の明かりが見え、キーボードを打つ音が聞こえてくる。

何か要る？

いいえ、ありがとう。

お前は何度かドアのところまで行き彼女を見て、呼び入れてくれないかなと思う。でも彼女はいつもじろりとにらんで言う。一体どうしてほしいの？

大丈夫か見に来ただけ。

五ヶ月、六ヶ月、七ヶ月。フィクション入門の授業を教えていると、彼女の友達の一人から携帯にメールが来て、彼女の陣痛が始まったと書いてある。予定日より六週間前だ。あらゆる種類の恐ろしい可能性がお前の中を駆け巡る。彼女の携帯に電話してみるが、彼女は出ない。エルヴィスに電話するが彼も出ない。だからお前は一人きりで病院まで車で行く。

お父さんですか？　受付で女性が訊ねる。

はい、自信なさそうにお前は答える。

お前は廊下を連れ回され、ついに手術着を渡されて両手を洗えと言われ、どこに立つのか教えられ、出産の段取りについて注意を受けるが、分娩室に入るとすぐ法科学生が金切り声で叫ぶ。その人を入れないで。その人を入れないで、その人は父親じゃない。

これほど傷つくことがあるだろうかとお前は思う。彼女の二人の友達がお前のほうに急いで向かってくるが、お前はもう部屋を出ている。彼女の細い灰色の両脚と医者の背中の他にほとんど何も見えなかった。それ以外何も見えなくてよかったとお前は思う。もし見えていたら、お前は彼女の身の安全か何かを自分が脅かしてしまったと感じていただろう。お前は手術着を脱ぐ。そこらで少し待ったあと、自分が何をしているのか気づいて、ついに車で家に帰る。

彼女は連絡してこないが、彼女の友達は連絡してくる。陣痛について携帯メールをくれたのと同じ友達だ。私があの子の荷物を取りに行くから、いい？　彼女は着くと、警戒しながらアパートの中を見回す。変質者みたいなこと私にしないわよね？

しないよ。一呼吸おいてお前は訊ねる。何でそんなこと言うんだい？　人生で女性を傷つけたことなんて一度もないよ。そして自分の言葉がどう響くかにお前は気づく——まるでいつも女性を傷つけてるやつみたいだ。彼女の持ち物全部がまたスーツケース三つに収まる。それからお前は彼女を手伝って荷物を下ろし、彼女の四輪駆動車まで運ぶ。

これでホッとしたでしょ、彼女は言う。

お前は答えない。

でこれでお終いだ。後でお前は聞く。あのケニア人が病院にいる彼女を訪ねてきて、赤ん坊を見て二人は涙の和解をし、全ては許されたらしい。

結局お前が悪かったんだよ、エルヴィスは言った。元カノと子供を作っとくべきだったんだ。そしたら彼女にフラれなかったのに。

それでもやっぱりフラれたと思う、アーレニーは言う。絶対に。

その学期の残りは、凄まじくクソみたいなことが束でやってくる。教授になってから六年間で最低の学生評価をくらう。その学期に受け持った唯一の有色人学生はこう書いてくる。私たちは何にも知らないと先生は言いますが、その無知と取り組む方法については何一つ示してくれませんでした。ある晩お前は元カノに電話をし、留守番電話に切り替わると言う。おれたち子供を作っておくべきだったな。そして電話を切ったあと、お前は自分を恥じる。どうしてそんなこと言ってしまったんだろう？　お前は自分に問いかける。もはや彼女はお前とは絶対に口をきいてくれないだろう。

　別にそれはその電話のせいじゃないと思うけど、とアーレニーは言う。

　ほら、よく見ろよ。エルヴィスは写真を出す。エルヴィス二世がバットを持っている。この子は化け物になるぜ。

　冬休みにお前はエルヴィスとドミニカまで飛行機で行く。他に何かすることなんてあるだろうか？　そんなもの何もない。両腕が痺れてくるたびに振り回すこと以外は。

　エルヴィスは興奮してるなんてもんじゃない。息子にはお土産をスーツケース三つ分用意してる。最初のグローブと、最初のボールと、最初のボストンレッドソックスのジャージだ。息子の母親には服なんかを八十キロ分用意してる。それを全部お前のアパートに隠していたのだ。エルヴィスが奥さんと義理の母親と娘に別れを告げるときも、お前は彼の家にいる。娘は何が起こっているのか理解できていないようだが、ドアが閉まると悲しげな叫び声を上げ、それがコイル状の有刺鉄線みたいにお前に巻き付く。エルヴィスは全然どうってことないという顔をしている。以前はおれもこんなふうだったのに、お前は思っている。おれも、おれも、おれも。

　もちろん飛行機でも、お前は元カノの姿を探す。自分でもどうにもできない。

　男の子の母親はカポティジョやロス・アルカリソスみたいな貧困地区に住んでるんだろうなとお前は考えてるが、まさかナダランズ《何もない場所》だとは想像してない。ナダランズには前にも二度ほど来たことがある。実はお前の一族はそこから這い上がったのだ。不法占拠をしている人々の家が並んでいる。そのあたりには道もない、電気もない、水道もない、区画もない、何にもない。みんなが住む間に合わせの家が他の家の上に積み重なり、泥と掘っ建て小屋とオートバイ《モトス》と騒音と薄ら笑いのクソ野郎たちが至るところに限りなくいる。まるで文明の縁から滑り落ちた場所みたいだ。お前たちは借りたジープ《ヒペタ》を舗装道路の終わりで乗り捨て、背中に載せた荷物のバランスを取りながら、ぼろぼろのオートバイタクシー《モトコンチョス》の後席に飛び乗らなきゃならない。それでも誰もじろじろ見たりしないのは、お前らの荷物が大した量じゃないからだ。お前は一台のオートバイ《モト》に一家五人と豚が乗っているのを見る。

とうとうお前が本当にちっぽけな家にオートバイを寄せると、赤ん坊の母親が出てくる——幸福な帰郷の始まりだ。前に来たときに会ったのを憶えていますと赤ん坊の母親に言えたらとお前は思うが、実際のところ憶えてない。彼女は背が高くてすごくずんぐりしてる。まさに昔からのエルヴィスのタイプだ。彼女はせいぜい二十一か二十二で、ジョルジーナ・ドゥルクみたいなたまらない微笑みを浮かべてる。そして彼女はお前を見ると、全身で抱きしめて《アブラソ》くれる。じゃ、とうとう名付け親《パドリノ》も来る気になったのね、彼女はしゃがれた田舎風《ロンカ・カンペシタ》の大きな声で熱っぽく言う。お前は彼女の母親にも、祖母にも、弟にも、妹にも、三人の叔父にも会う。みんな歯が何本か抜けてるようだ。

エルヴィスは男の子を抱き上げる。おれの息子《ミ・イホ》、彼は歌う。おれの息子《ミ・イホ》。

男の子は泣き出す。

赤ん坊の母親の家は二部屋しかない。ベッドが一つ、椅子が一つ、小さなテーブルが一つで、裸電球が一つ天井からぶら下がってる。難民キャンプより蚊がたくさんいる。裏の下水は未処理で排出されている。何だこりゃ、という感じでお前はエルヴィスを見る。壁に飾ってある何枚かの家族写真には水に濡れた跡がある。雨が降ると——赤ん坊の母親は両手を上げる——全部ダメになっちゃうの。

心配するな——エルヴィスは言う。まとまった金を手に入れられたら、今月中に全員をここから引っ越しさせるつもりだから。

お前を家族とエルヴィス二世のもとに残して、幸福な二人はいろんな店《ネゴシオス》に行き、支払いを済ませ、生活必需品を買って回る。当然ながら、赤ん坊の母親はエルヴィスを見せびらかしたがりもする。

お前は家の前にあるプラスチックの椅子に坐り、子供を膝に載せている。近所の人々は明るく熱心にお前を褒めそやす。ドミノゲームがおっ始まり、お前は赤ん坊の母親の、陰気な感じの弟と組になる。五秒もしないうちに、お前は弟に言われるまま、ビールの大瓶《グランデス》数本とブルガル一本を近所の食料品店《コルマド》に注文する。それから煙草三箱と、サラミ一本と、近所の女性の鼻が詰まった娘のための咳止めシロップも注文する。すごく調子が悪いのよ《タ・ムイ・マル》、彼女は言う。もちろんお前に会わせたい妹やいとこの女の子《プリマ》が全員にいる。とっても美人だよ《ケ・タン・ブエナ・マス・ケ・エル・ディアブロ》、彼らは請け合う。皆でラム酒《ロモ》の最初の一瓶を空けもしないうちに、妹やいとこたちが何人か本当にやってくる。みんな見た目はがさつだが、お前はとりあえず彼女たちと話してみなきゃならない。みんなを呼んで坐らせ、ビールの追加とまずいドミニカ風フライドチキン《ピカ・ポヨ》を注文する。

どの子が気に入ったか言ってくれ、近所に住む一人が囁く。そしたらうまいこと話をつけとくから。

エルヴィス二世は凄まじく真剣《グラビタス》にお前を見る。心に突き刺さるほど可愛い坊《カラヒート》やだ。脚は蚊に食われた跡だらけで、頭には古いかさぶたがあるが、何の傷かは誰も知らない。お前は両腕で、全身でこの子を抱きしめたいという衝動に突然襲われる。

あとでエルヴィスはお前に計画を話す。おれは数年以内にこの子をアメリカに連れて行くつもりだ。妻にはこう言う。この子を授かったのは事故みたいなもんだ。酔って一度だけやらかしたときできた子で、そんなの今まで全然知らなかった。

それでうまくいくかな?

うまくいくだろうよ、エルヴィスはムッとして言う。

なあ、奥さんはそんなの信じないぜ。

じゃあお前に何がわかってるって言うんだよ? エルヴィスは言う。お前のほうこそ何もうまくいってないくせに。

それにはお前は反論できない。そのころには両腕がすごく辛くなっていて、その子を抱き上げて血行を回復しなきゃならない。お前は彼の目をのぞき込む。彼はお前の目をのぞき込む。この子は並外れて賢く見える。きっとマサチューセッツ工科大に行くんだろうな、お前は言い、彼のもじゃもじゃの髪に鼻を突っ込む。すると彼は大声で泣き出す。お前は彼を下ろす。彼が走り回るのをしばらく眺めている。

そのとき、なんとなくお前は気づいてしまう。

その家の二階はまだできていない。鉄筋が軽量コンクリートブロックから突き出していて、まるでねじ曲がった恐ろしげな毛穴から毛が生えてるみたいだ。そしてお前とエルヴィスはそこに立ったままビールを飲み、じっと眺める。街の果ての向こう、遠くにある巨大な電波用パラボラアンテナのまだ向こうの、シバオの山々のほうを、そして中央山脈《コルディジェラ・セントラル》のほうを。お前の父親が生まれ、元カノの家族全員が出てきた場所だ。息を飲むような景色が広がっている。

あの子はお前の息子じゃないよ、お前はエルヴィスに告げる。

何言ってんだ？

お前の息子じゃないって。

バカなこと言うなよ。あの子はおれにそっくりだろ。

エルヴィス。お前は彼の腕に手を置く。エルヴィスの両目の真ん中をまっすぐに見る。もういいんだって。

長い沈黙。でもおれにそっくりじゃないか。

なあ、あの子はお前に全然似てないよ。

次の日お前たち二人はその子を車に詰め込んでガスクエの街に戻る。家族が一緒に付いて来ないようにするには、文字どおり彼らを振り払わなきゃならない。出発の前に叔父の一人がお前を脇に呼んで言う。この家に冷蔵庫を持って帰ってくれよ。それから弟が脇に呼んで言う。テレビもな。それから母親が脇に呼んで言う。ヘアアイロンもね。

中心街への道のりはガザ地区ぐらいイカれてる。五百メートルおきに事故が起きてるみたいだし、エルヴィスは引き返そうとしてばかりいる。お前は彼を無視する。ぐしゃぐしゃに壊れたコンクリートや、地上にある全てのくだらないものを肩から下げてる物売りたちや、埃をかぶった椰子の木々をお前はじっと見る。男の子はお前にしがみついてる。こんなの大した意味なんてない、お前は自分に言い聞かせる。モロー反射（乳児の反射のひとつ）みたいなもんだ、それだけだ。

おれにこんなことさせないでくれよ、ユニオール。エルヴィスは懇願する。

お前は言い張る。やらなきゃだめだ、エルヴィス。嘘の人生なんて生きられないってわかってるだろ。それは子供のためにもならないし、お前のためにもならない。ちゃんと知っとくほうがいいって思わないのか？

でもおれはずっと男の子がほしかったんだよ、彼は言う。この人生でずっと欲しかったのはそれだけだ。イラクであのひどい目に遭ったとき、おれはずっと思ってた。神様、お願いだから息子ができるまで生きさせてくれ、お願いだ、で息子ができたらすぐに殺してくれていいから。それでほら見ろ、神様はこの子をくれたんだよ。そうだろ？　神様はこの子をくれたんだ。

病院はトルヒーヨ時代に建てられた国際様式の建物のひとつにある。お前たち二人は受付の前に立つ。お前は男の子の手を握っている。男の子はお前を精密な熱心さで見ている。泥が待っている。虫刺されが待っている。無《ナダ》が待っている。

行けよ、お前はエルヴィスに言う。

正直なところ、お前はエルヴィスが検査を受けないだろうと思っている。ここでこの話は終わるんだろうと。エルヴィスがこの子を抱き上げ、受付に背を向けて、ジープ《ヒベタ》に戻るんだろうと。だがエルヴィスは男の子を抱いて部屋に入っていき、二人は口の中の細胞を綿棒で採取してもらい、検査は完了する。

お前は訊ねる。結果がわかるまでどれだけかかりますか？

四週間ですね、検査技師がお前に言う。

そんなに？

彼女は肩をすくめる。サントドミンゴにようこそ。

五年目

お前は、この話について聞くのはこれっきりで、どんな結果が出ようが状況は変わらないだろう、と思っている。でもその旅行の四週間後、検査結果はノーだったとエルヴィスはお前に告げる。クソ、苦々しげに彼は言う。クソ、クソ、クソ。そして彼は男の子と母親との連絡をすべて断つ。携帯の番号を変え、電子メールのアドレスを変える。二度と電話してくるなってあのクソ女に言ってやった。世の中には許されないことってのがあるんだ。

もちろんお前はひどい気分だ。男の子がどんなふうにお前を見ていたかを思い浮かべる。母親の電話番号だけでも教えてくれよ、お前は言う。少額の金を毎月彼女に送ろうとお前は思うが、エルヴィスはそれを許さない。あの嘘つきクソ女なんてどうでもいいだろ。

エルヴィスは心のどこかで薄々気づいてたんじゃないか、もしかしたらこの話をお前にめちゃくちゃにしてほしい、とまで思ってたんじゃないかとお前は考える。でもお前はそのままエルヴィスに何も訊かない。エルヴィスは今や週五でヨガに通っていて、今までの人生でいちばん体が引き締まってる。一方お前はまた大きめのジーンズを買わなきゃならない。最近お前がエルヴィスの家に行くと、彼の娘がお前に駆け寄ってくる。ジュンジおじさん《テ ィ オ》、とお前を呼ぶ。お前の韓国名だってな、エルヴィスがからかう。

彼はまるで何も起こらなかったみたいだ。自分もあんなふうに冷静でいられたら、とお前は思う。

あの家族のこと考えたりするかい？

彼は首を振る。考えないし、これからも考えるつもりはないね。

両腕と両脚の痺れが強くなる。お前がまた行きつけの医者たちのところに行くと、彼らはお前を神経科医に送り、神経科医はお前をＭＲＩに送る。背骨全体が狭窄してますね。医者は感心したように教えてくれる。

悪いんですか？

いいとは言えませんな。以前重いものを持つような仕事はしてましたか？

ビリヤードの台を運ぶ以外に、ってことですか？

それですよ。医者は目を細めてＭＲＩを見る。理学療法を試してみましょう。もし効果がなかったら他の選択肢も考えましょうか。

と言うと？

彼は真剣な顔つきで、両手の指を尖塔のように合わせる。手術です。

その瞬間から、ただでさえひどいお前の人生はもっと下っていく。お前が悪態をつきすぎる、と学生の一人が学校に苦情を言う。お前は学部長と面談しなきゃならなくなり、とにかく気をつけろ、と言われる。お前は三週連続で週末に、車を脇に寄せろと警官に言われる。一回など、お前は縁石に坐らされ、他の車が脇をすっ飛んで行くのを眺めている。通り過ぎていくやつらは、じろじろとお前を見る。地下鉄でお前はラッシュアワーの人混みの中に彼女をちらっと見たと思い、少しのあいだ膝がガクガクする。でも結局は仕立てのよいスーツを着た別のラテン系の女性《ラティナ・ムヘロン》だとわかる。

もちろんお前は彼女の夢を見る。お前はニュージーランドや、サントドミンゴや、あり得ない話だが大学にまた通っていたり、寮に住んでいたりする。彼女に自分の名前を言ってほしい、自分に触れてほしいとお前は思うが、彼女はそんなことはしない。ただ首を振るだけだ。

わかったよ。

お前は先に進みたいと思う。クソみたいなことを追い払いたいと思う。だから区画の反対側にある新しいアパートを見つける。そこからはハーバード大学の建物がそびえ立っているのが見える。何本もの驚くべき尖塔だ。その中にはお前が好きな、オールド・ケンブリッジ・バプティスト教会の灰色の短剣みたいな姿も見える。お前がその五階にある貸家に住み始めた最初の数日間、窓のすぐ外に立つ枯木に鷲が舞い降り、お前の目を見る。これは良い兆しだとお前は思う。

一ヶ月後、あの法科学生が、ケニアでの結婚式の招待状をお前に送ってくる。写真が付いていて、二人が着ているのは、どうやらケニアの伝統的なジャンプスーツらしい。彼女はとても痩せて見えたし、すごく厚化粧だ。短い手紙が添えられてるんじゃないか、お前がしてあげたことについて何か一言書いてるんじゃないかとお前は思うが、そんなもの何もない。宛名さえコンピュータで印字されてる。

何か間違えちゃったのかな、とお前は言う。

間違いなんかじゃないから、アーレニーはお前に断言する。

エルヴィスは招待状を引き裂き、トラックの窓から投げ捨てる。クソ女なんてくたばっちまえ。クソ女なんて全員くたばっちまえ。

お前はどうにか写真のほんの小さな一片だけ救い出す。それには彼女の手が写っている。

お前は今まで何に対してもしたことがないくらい真剣に物事に取り組む――授業、理学療法、通常の治療、読書、ウォーキング。この重苦しさが晴れるのをお前は待ち続ける。少しも元カノのことを考えない瞬間が来るのをお前は待ち続ける。そんな瞬間は来ない。

お前はあらゆる知り合いに訊ねる。失恋を乗り越えるのに普通どれくらいかかる？

たくさんの公式が飛び出す。付き合ったのと同じ年数だ。付き合ったのの二倍の年数だ。それは単なる意志の力の問題で、もう終わったと決めた日にそんなもの終わる。決して乗り越えることなどできない。

その冬のある夜、お前は仲間たちとマタパン・スクエアにあるゲットー風のラテン系クラブに行く。クソ最高オマンコ《マーダー・ファッキング・パン》クラブだ。外はマイナス二十度近いが、中は暑くて、みんなTシャツ姿になっている。ムッとくる臭いはアフロヘアくらい濃密に迫ってくる。お前に何度も当たってくる女の子がいる。お前は彼女に言う。おお、かわいいねえ《ペロ・ミ・アモル》。そして彼女は言う。あなたもね。彼女はドミニカ人で、しなやかな体をしていて、素晴らしく背が高い。あなたみたいな背の低い人と付き合えたことは一度もないけど。会話し始めて本当にすぐに彼女は言う。でもその夜の終わりにはお前に電話番号を教えてくれる。その晩ずっとエルヴィスは静かにバーカウンターにいて、レミーマルタンを何杯も飲み続ける。その前の週に、彼は一人でドミニカに短期間出かけていた。秘密調査のためだ。戻るまで旅のことをお前に教えてくれなかった。彼はエルヴィス二世と母親を捜そうとしたが、彼らは引っ越していて、誰も行き先を知らなかった。彼が知っているどの電話番号にかけても通じなかった。あいつらまたひょっこり出てくればいいのに、彼は言う。

おれもそう思う。

お前は今までにないほど長く歩く。十分おきにしゃがみ込み、スクワットと腕立て伏せをする。ジョギングほどじゃないが、それでも心拍数は上がる。何もしないよりはいい。後で神経を強い痛みが走り、お前はほとんど動けなくなる。

幾晩かお前は『ニューロマンサー』風の夢を見る。その中で元カノとあの男の子と他にもう一人、よく見知った姿が遠くの方でお前に手を振ってる。どこか、すぐ近くに、笑い声ではない笑い。

そしてついに、そうしても自分が爆発して燃えさかる原子にまでばらばらになることはない、と感じたお前は、ベッドの下に隠していた書類ばさみを開く。世界の終わる日の本だ。浮気してたころの全ての電子メールと写真のコピーで、元カノが見つけて集め、別れの一ヶ月後にお前に送ってきた。親愛なるユニオール、次の本に役立てて。おそらくそれが、彼女がお前の名前を書いた最後だっただろう。

お前は表表紙から裏表紙まで全部読み通す（そう、彼女は表紙を付けていた）。自分があまりにもくだらない臆病者であることに気づいてお前は驚く。それを認めるのは辛いが、でも事実だ。自分の虚言癖がどれほど深刻かにお前は仰天する。その本を二度目に読み終わったとき、お前は真実を口にする。君がしたことは正しかったよ、ねえ《ネグラ》。正しかった。

彼女が言うことは正しいね、これは凄い本になるだろうよ、エルヴィスは言う。お前たち二人は警官に言われて車を路肩に寄せ、間抜けな警官がお前の運転免許を調べ終わるのを待ってるところだ。エルヴィスは写真を一枚つまみ上げる。

彼女はコロンビア人だ、お前は言う。

エルヴィスは口笛を吹く。コロンビア万歳《ケ・ビバ・コロンビア》。そしてその本をお前に返す。お前絶対に、浮気者のための恋愛入門を書くべきだよ。

そう思う?

ああ。

書き出すまでしばらくかかる。お前はあの背の高い女の子と付き合う。さらにたくさんの医者に診てもらう。アーレニーが無事に博士号の口頭試問を終えたお祝いをする。それからある六月の晩、お前は元カノの名前を殴り書きしてこう続ける。愛の半減期は永遠だ。

お前は他にも二つ三つ書き散らす。そしてがっくりと下を向く。

次の日お前は新しいページを見る。今度ばかりはしくじりたくない。じゃなきゃもう永久に書かない。

これが始まりだ、お前は部屋に向かって言う。

そのとおり。そして続く数ヶ月間、お前は熱心に書き続ける。それは書くことが希望のように、恩寵のように感じられるからだ——そして嘘つきで浮気者のお前は心の中で、時に手に入れられるのは始まりだけだ、と知ってるからだ。

訳者あとがき

こうしてお前は彼女にフラれる、だって？　何でそんなこと知ってるんだ、放っておいてくれ、といきり立っているあなた。落ち着いてください。この本でフラれるのはあなたじゃありませんから。

では誰がフラれるのか。前作の長篇『オスカー・ワオの短く凄まじい人生』でオスカーのルームメイトとなり、作品全体の語り手（の少なくとも一部）を担ったあのモテ男ユニオールである。どうしてフラれるのか。彼女に浮気がバレるからだ。まあバレるバレる。「太陽と月と星々」では浮気相手が彼女に事細かく手紙を書き、「アルマ」では浮気を記した日記を彼女に読まれ、「浮気者のための恋愛入門」では消していなかった大量の電子メールから五十人分の浮気が発覚する。どんなに秘密にしていようが、それを誰かが書き付けた途端、絶対に彼女に読まれてしまう。ここまで来ると、半ばユニオール自身が発覚を望んでいたのではないかとまで思えてくる。

どうしてユニオールは浮気をやめられないのか。バレれば自分も相手も傷つくとわかっているのに。恋多きことで知られる根っからのドミニカ男だから、という見方もあるだろう。だが彼の場合、事態はもう少し深刻である。ユニオールが子供のころ、愛人のもとに去って行った父親も、癌で若くして亡くなった兄のラファも、ともに浮気がやめられなかった。崩壊した家庭で育ったユニオールは、父親や兄貴のようにだけはなるまいと念じながらも、気づけば二人と同じ生き方をしてしまう。男の裏切りこそ、ユニオール自身の子供時代を暗くした直接の原因なのに。こうなると彼の背負った業はかなり深い。『オスカー・ワオ』ではドミニカ共和国の独裁制の呪いが語られていた。本書では一族を不幸に突き落とす浮気男の呪いが扱われている。

わかっているのに、どうしてユニオールは浮気を繰り返すのか。理解の鍵は「ミス・ロラ」の冒頭にある。「何年も経ってからお前は考える。兄貴のことがなかったら、あんなことしただろうか？　他の野郎どもはみんな彼女をひどく嫌ってたのを覚えてる――すごく痩せてて、尻《クロ》もおっぱいもなくて、まるで棒みたいだ《コモ・ウン・パリト》、でもそんなこと兄貴は気にしなかった。あの女とヤリたいぜ」。そして兄貴が癌で亡くなった直後、悲しみに暮れるユニオールは誘われるままにミス・ロラと寝てしまう。同じ学校にはパロマという恋人がいるのに。そしてミス・ロラはすぐに自分の高校の先生になってしまうのに。

ユニオールはただ寂しかったのか。兄の記憶を分かち合える相手が欲しかったのか。あるいは、パロマと違って自分を性的に受け入れてくれる人が欲しかったのか。そのどれも本当だろう。だが最も強い理由は、兄貴の欲望を自分が反復することでしか、死んだ兄の存在を身近に感じ続けることができなかったからではないだろうか。言い換えれば、兄への愛ゆえにユニオールは兄に変身しようとしたのだ。

実はミス・ロラにとっても、ユニオールはラファの代わりだった。母ちゃんがドミニカ共和国に戻っているあいだ、ミス・ロラはユニオールの家に滞在する。始めて入った地下室で彼女は兄のグローブのにおいをかぐ。この仕草を通じて、彼女は兄への欲望をあらわにする。それを見たユニオールはどう思っただろうか。ラファを反復しなければ、自分は女性には愛され得ないと感じたのではないだろうか。それでも、愛されたところで自分は兄の代わりでしかないが。

そもそも、ミス・ロラとの関係が本当に恋愛だったのかも怪しい。確かに、「あなたはどうしてもここから出て行かなきゃだめよ」と言い続けることで、後にユニオールが大学に行くことになるきっかけを作ったという点では、ミス・ロラは彼の恩人でもある。しかし同時に彼女は、対等な男女関係を自分の力で深めていくというユニオールの能力を決定的に壊してしまったのではないだろうか。そして二人の関係には、年長者による子供の性的虐待という性格が全くなかったといえるだろうか。「どうせ自分は同じ年代の女の子とはちゃんと付き合えないんだと思う。彼女のせいで」と大学生になったユニオールは考える。しかもようやく出会えた理想の彼女とも、結局彼は別れてしまう。

二〇一三年三月に開催された東京国際文芸フェスティバルのために来日したディアスさんに、下北沢の書店B&Bで直接、どうして浮気について書くのかを訊ねてみた。

きちんと親密さを感じて育むことができない、という男性たちについて語る、これ以上の方法はないからですよ。浮気とは親密さを避けるためのものなんです。ちゃんと感じたがらない、人とつながりたがらない、相手のことを想像したがらない男たちを示すための、話にして面白い、ものすごくあからさまな方法なんですね。（二〇一三年二月二十八日、下北沢でのインタビュー）

どうして男たちは親密さを恐れるのだろうか。親密な関係にいったん入ってしまえば、彼は関係をコントロールする力を失い、マッチョで冷静な自分ではいられなくなってしまうからか。一般論としてはそのとおりだろう。だがユニオールの場合、親密な関係に対するもっと根源的な恐れがあるとディアスさんは言う。親密な関係はやがてすべて壊れてしまうだろう。だったらそもそも親密になどならないほうがいいし、うっかりそういう関係に入ってしまえば、失われる前にむしろ自分で壊してしまったほうがましだ、という信念がユニオールにはあるのではないかと彼は言うのだ。

ユニオールは自分が犯した罪の告白はします。でも自分に起こったことの告白はしません。自分に起こったことはすべて大したことないと言うんです。だから、どうしてユニオールが親密な関係を作れないのかを私が説明しましょう。彼の家族を見てください。父親は彼を嫌い、姿を消してしまいます。母親は彼のことを、単に世話をしなきゃいけない対象としか思っていません。彼女はラファのことは大好きですが、ユニオールは付け足しでしかありません。（中略）彼は幼くして祖国を失い、若くして兄を失います。親密な関係を巡るユニオールの経験は、トラウマ的かつ終末的なんです。そして十代になって最初に体験したちゃんとした性的関係は、年長の女性との虐待的なものでした。（前出、下北沢でのインタビュー）

ユニオールは自分の心を他人に開くのが恐くてたまらない。それは、今まで散々裏切られてきたからだ。だから彼はマッチョな仮面を被る。自分でも気づかないうちに女性を裏切る。ユニオールにはその悪循環から出る方法はないのか。興味深いことに、他のインタビューでディアスさんはこんなことを語っている。「まったく成功の見こみがないにもかかわらず、愛の可能性の前で完全に自分の弱さをさらけ出すことのできるオスカーに、ユニオールは魅了されているのです」（「The Atlantic」誌インタビュー）。究極的にモテないオスカーに、実はユニオールが憧れていたとは。ならば『オスカー・ワオ』と本書は、愛を巡る男性の二つのあり方を探求する、互いに絡み合った作品なのかもしれない。だがそう簡単にはユニオールはオスカーにはなれないのだが。

巻末の短篇「浮気者のための恋愛入門」でユニオールは限りなく追い込まれる。腰を痛め、足を痛め、心を病み、気づけば年を取ってしまっている。もう彼はダメなのだろうか。いやむしろ、全てを失った今こそ、彼にとって生まれて初めて自分と直面するチャンスなのだろう。マッチョな自分を殺してしまうには、「太陽と月と星々」に登場する、暗い穴の中に逆さまに吊されるような、象徴的な死を繰り返す必要があるに違いない。

もちろん本書の魅力はそれだけではない。「ニルダ」に登場する、まともな家族を持たない少女の哀しみ、「プラの信条」における、母親とプラの闘いの滑稽さ、「インビエルノ」で、突然アメリカにやってきた母親の孤独と子供たちの気遣い、「もう一つの人生を、もう一度」の中で、アメリカに移民してきて何とか新しい生活を築こうとする女性の苦闘。重い話題を扱いながらも、彼の文章は明るい笑いに満ちている。実はこれらの短篇は、何冊か集まって九百ページほどの小説を構成する予定らしい。最初の短篇集『ハイウェイとゴミ溜め』と本書の関係についてもディアスさんに訊いてみた。「こうした本のそれぞれが大きな小説の章になる予定なんです。四、五冊一緒にして、ユニオールの人生を描いた小説にしようと思っています」(前出、下北沢でのインタビュー)。そして、本書で唯一女性が語り手である「もう一つの人生を、もう一度」についても教えてくれた。なんとこれは、ラファやユニオールが生まれる前の父親の姿らしい。そのことは次に出る短篇集で明らかになるとか。

現在ディアスさんは第二長篇を執筆中である。ドミニカ共和国とハイチが地球外生命体に襲われるというSF作品で、十四歳のドミニカ系ニューヨーカー少女が地球を救うらしいが、詳細はわからない。というか、実際あんまり書けていないみたいだ。『ニューヨーカー』誌に掲載されたほんの一部分を読んでみたが、同じイスパニョーラ島で世界の終わりが勃発しているのに、好きになった女の子といるために主人公が逃げるのをやめたりしていて、やっぱりディアスさんっぽさは全開だ。

一九九六年に処女短篇集『ハイウェイとゴミ溜め』を出して以来、現在までに『オスカー・ワオの短く凄まじい人生』と本書しか出版していないディアスさんは、まさに遅筆の作家である。本書を書くのにも、なんと十六年もかかったらしい。一ページ書くのに、二十ページは下書きが必要だとディアスさんはインタビューでも語っていた。

だが、作品の少なさに反比例して、彼の評価は上がる一方である。二〇〇八年に『オスカー・ワオ』でピュリツァー賞を受賞しただけではない。二〇一二年には天才助成金とも呼ばれるマッカーサー助成金を獲得し、二〇一三年には本書に収録された「ミス・ロラ」で、世界で最も賞金が高い(約五百万円)と言われる短篇賞、サンデータイムズ・EFGプライベートバンク短篇賞を得た。現在彼はピュリツァー賞の選考委員としても活躍している。すなわち、ほんの五年ほどで、彼は名実ともに現代アメリカ文学を代表する存在にまで成長したと言えるだろう。

なお、ジュノ・ディアスの今までの著作リストは以下のとおりである。

Drown. NY: Riverhead, 1996.(邦訳『ハイウェイとゴミ溜め』江口研一訳、新潮社、一九九八年、絶版)

The Brief Wondrous Life of Oscar Wao. NY: Riverhead, 2007.(邦訳『オスカー・ワオの短く凄まじい人生』都甲幸治・久保尚美訳、新潮社、二〇一一年)

This Is How You Lose Her. NY: Riverhead, 2012.(本書)

本書はJunot Díaz. *This Is How You Lose Her*. NY: Riverhead, 2012. の全訳である。本書の翻訳には多くの人の助けが必要だった。著者であるジュノ・ディアスさんには対面やメールでいろいろと教えていただいた。もちろん共訳者である久保尚美さんには感謝してもしきれない。スペイン語のチェックだけでなく、英語部分の翻訳チェック、日本語の言い回し、事実のチェックなど『オスカー・ワオの短く凄まじい人生』に続いて、今回も言葉では言い表せないほどお世話になった。彼女の卓越した能力がなければ、この本が原書出版から一年という短期間で、こんなに楽しい本に仕上がったとは思えない。心の底から、どうもありがとうございます。サンドラ・シスネロスの素晴らしい訳で知られるくぼたのぞみさんには、巻頭の詩の訳文を見ていただいた。そして担当編集者の佐々木一彦さん。彼のセンスと的確な仕事運びには今回も敬服させられた。そして『オスカー・ワオ』に続いて素敵な装画を描いていただいた後藤美月さん。本当にみんなみんな感謝しています。

二〇一三年七月　訳者を代表して

都甲幸治

This Is How You Lose Her

Junot Díaz

こうしてお前《まえ》は彼女《かのじょ》にフラれる

著者

ジュノ・ディアス

訳者

都甲幸治・久保尚美

発行

2013年8月25日

発行者　佐藤隆信

発行所　株式会社新潮社

〒162-8711 東京都新宿区矢来町71

電話 編集部 03-3266-5411

読者係 03-3266-5111

http://www.shinchosha.co.jp

印刷所

株式会社精興社

製本所

株式会社大進堂

乱丁・落丁本は、ご面倒ですが小社読者係宛お送り下さい。

送料小社負担にてお取替えいたします。

価格はカバーに表示してあります。

ISBN978-4-10-590103-5 C0397

CREST BOOKS

Shinchosha

オスカー・ワオの短く凄まじい人生

The Brief Wondrous Life of Oscar Wao
Junot Díaz

ジュノ・ディアス
都甲幸治・久保尚美訳

オタク青年オスカーの悲恋の陰には、カリブの呪いが――。マジックリアリズムとサブカルチャー、英語とスペイン語が激突して生まれた、まったく新しいアメリカ文学の声。ピュリツァー賞、全米批評家協会賞ダブル受賞作。

CREST BOOKS

奪い尽くされ、焼き尽くされ

Everything Ravaged,
Everything Burned
Wells Tower

ウェルズ・タワー
藤井光訳

燃え残った夢。歌にもならない荒涼。
21世紀アメリカのひりつくような日常を、
多彩な視点と鮮烈な言葉で切り取る全九篇。
各紙誌絶賛、驚異のデビュー短篇集。

CREST BOOKS

記憶に残っていること

The Best Short Stories
from Shincho Crest Books

堀江敏幸編
〈新潮クレスト・ブックス短篇小説ベスト・コレクション〉
アリス・マンロー、ジュンパ・ラヒリ、イーユン・リー、
アリステア・マクラウド、ウィリアム・トレヴァー……。
シリーズの全短篇一二〇篇から十篇を厳選した
十周年特別企画の贅沢なアンソロジー。

CREST BOOKS